優しい音楽

目次

優しい音楽

1

いつも千波（ちなみ）ちゃんは僕が家に行くことをとても嫌がる。送っていくという僕の申し出はたいてい拒否されるし、それでも無理矢理家の前まで送っていくと、千波ちゃんはあっけなくさよならを告げ、そそくさと家の中に消えてしまう。そろそろ家族に紹介してくれてもいいんじゃないかと思うのだけど、いつもうまくかわされる。

「遅くなっちゃったし、お母さんとかに挨拶しておいた方がよくない？」

「いいよ。そんなの」

千波ちゃんはいつもどおり、こともなげに言った。

「でも、礼儀のないやつだって思われたら嫌だし」

「思わないって。うちの家族はみんな寛大だから」

「そうだとしてもさ」

「まあいいじゃない。とりあえずありがと。えっと、今日は楽しかった」

千波ちゃんは勝手に話を切り上げた。

僕は恨めしく思いながら千波ちゃんの家を眺める。手入れがきちんと行き届いているわけではないけれど、いろんな種類の木が植えられた健やかな庭。玄関につけられた少ししゃれた外灯。窓から漏れる光は蛍光灯じゃなく白熱灯だからだろうか、オレンジ色で柔らかい。ガレージに置かれた、今はあまり使われていないような自転車やキャンプの道具。鷹揚で温かい家族が住むのがわかる家。どうして千波ちゃんは僕を家族と引き合わせるのを拒むのだろうか。

「さよならのキスは？」

千波ちゃんは家の中を気にする僕の顔を自分の方に向けた。

「あ、うん」

僕は灯りのついている窓をぼんやり眺めながら、唇を合わせた。

「いい加減」

千波ちゃんが僕の肩をげんこつで突っついた。

*

朝の混雑した駅の構内だった。電車を待ったくさんの人をかき分け、僕の方へ迷わずまっすぐ歩いてきた。そして、僕の真ん前で立ち止まると、まぶしそうに僕の顔を見上げた。透ける(す)ような肌をして、目も唇もみずみずしくて、少し寂しげな顔をしていたが、とてもきれいな女の子だ。髪をきちんと一つに束ねて、白いシャツがよく似合っていた。見覚えのない子だった。大急ぎで、今までの記憶をたどってみたけれど、一度だって見かけたことがない顔。だけど、女の子は目をきらきらさせて僕を見ている。

「どうかした?」

僕が声をかけると、彼女は慌てて僕を見つめていた目をぱちぱちさせた。

「えっと……」

彼女はどう言っていいのかわからないようで、少し困ったように微笑ん(ほほえ)だ。笑うと、顔が程よく緩んで初々しく(ういうい)てかわいかった。まだ、学生だろうか。重そうな鞄を肩から提げ(さ)ている。

「えっと、その……」

沈黙が続いて、彼女はますます困ったようになって、

「私は鈴木千波です」

と名乗った。

聞いたことのない名前だ。僕も名乗り返せばいいのだろうか。それとも、良い名前だとか、変わった名前ですねとか、名前に関する感想でも言えばよいのだろうか。どうしていいかわからず、僕はただ、「そうですか」と答えただけだった。

周りの人たちが不思議な僕たちの状況を眺めている。それに気付いた彼女は落ち着きなく、

「えっと、ごめんなさい」

と頭を下げた。

「いや、謝らなくてもいいんだけど、何か用事?」

「いいえ、その、あまりにも……」

「どうしたの?」

「どうしたのっていうか、その、びっくりして」

「びっくり?」

「その、とにかく……」

彼女は必死で言葉を探しているようだった。だけど、僕にはさっぱり彼女の言いたいことが摑めなかった。何か尋ねたい様子でもなく、何か言うべきことがあるふうでもなかった。僕も突然の出来事に驚いた。だいたい僕はあんまり他人に声をかけられるタイプではない。女の子に突然告白されることなんてまずないし、険しい顔をしているせいか、道順だって訊かれない。

「何なのか全然わからないんだけど」

「いえ、その、すいません」

すっかり困り果てた彼女は、泣き出しそうな顔をしていた。新しいキャッチセールスなのだろうか。これから僕は物を売りつけられたり、宗教に勧誘されたりするのだろうか。僕はどうしていいかわからず、ただ首を傾げるばかりだった。

そうこうしているうちに、電車がホームに入ってきた。

彼女は電車に乗るか乗るまいか迷っていたようだったが、自分の乗るべき電車ではなかったようで、戸惑った顔をしたまま、電車に乗った僕を見送った。

翌日も彼女が駅にいた。辺りを見回して、僕を探しているようだった。昨日僕に出会った場所で目を凝らしてきょろきょろしていた。

いったい何なんだろう。

いわゆるストーカーってやつだろうか。自分の行動範囲を考えてみたが、思い当たる節(ふし)はない。僕の働く設計事務所は男三人と、パートのおばさん二人。若い女の子と繋(つな)がる経路はない。四年も付き合った恋人とは別れたばかりだけど、僕の方があっさりふられたから、彼女が何らかの行動に出るとも考えられない。

キャッチセールスだとしても、どう見ても金持ちに見えない僕に二日連続でアタックするのはおかしいし、彼女には商売に必要な軽妙さが感じられなかった。

考えれば考えるほど不可解で、少し気味が悪くなった僕は彼女に気付かれないよう、密(ひそ)かに遠ざかり、いつもと違う車両に乗車した。

やっぱり翌日も彼女は駅で僕を探していた。真剣な目をして、駅を行き交う人々を見ている。今日はジーンズに水色のTシャツを着ていた。シンプルな服装でも目を引くほど、彼女はかわいかった。化粧気もなく、肩まで伸びた髪もまっすぐなままで、特別に手をかけている雰囲気はなかったけど、きちんとした清潔感があった。どうしてこんなかわいい女の子が必死で僕を探しているのだろうか。僕はますますわからなくなった。

「何なの?」

僕が近づくと、彼女はほっとしたように顔をほころばせた。

「ずっと、俺のこと探してるよね」

「えっと、すいません」

「いや、謝らなくてもいいけど、どうして?」

「どうしてって……」

彼女は本当にわからないのか、首を傾げた。

「どこかで会った?」

「そうじゃないけど」

「じゃあ、どうして俺を探すの？」

僕はちっとも真相が摑めないことにいらだった。

「何か売ろうとしてる？　幸せになる印鑑とか、金持ちになれる壺とか」

「いえ。そんな。私まだ学生なので」

彼女は驚いた顔をして否定した。

「じゃあ、宗教か何か？」

「宗教？」

「俺を、君の信仰する宗教に勧誘しようとしてるんじゃないの？」

「まさか。私の家は仏教だけど、そんなに熱心でもないし、布教活動はしてません」

彼女がまじめに答えるのが少しおかしくて、僕は緊張が解けてしまった。

「ねえ。頼むから教えて。俺を探してた理由」

「はあ……」

「何の理由もなしに二日も俺のこと探すのおかしいよね？」

「確かにそうですね」

彼女はしばらく考えてから、思いついたように「一目惚れしたんです」と言った。妥当な答えだけど、僕は決して一目惚れされるタイプではない。

「うそでしょ」

僕にあっさりと見破られ、彼女は困ったように笑った。困った時に微かに笑うのは、彼女の癖みたいだ。

「そろそろ答えてよ。時間ないし。今月はもう二回遅刻してるからやばいんだ」

「一目惚れっていうのは違うんですけど、あの、うまく言えないんですけど、顔が見たかったんです」

彼女は今度は丁寧に答えた。

「顔が見たいって、俺の？」

僕は他人が見たくなるような立派な顔ではない。輪郭はごつごつしているし、目は一重で腫れぼったいし、口角が下がっているからいつでも不機嫌そうに見られる。

「本当なんです」

怪訝な顔をする僕に、彼女は力強く言った。

「顔っていうかなんていうか、とにかくあなたが見たくて、昨日も今日もずっと探してたんです」

「……でも、顔が見たいからって、知らない人に近づかれるとびびるよ。鈴木さんだって、知らない男にあなたの顔が見たいからって、毎朝近づかれたら怖いでしょ」

「そうですね。確かに怖い。私だったら、警察に言うかも……」

鈴木さんはそう言って、くすっと笑った。あまりにかわいらしく笑うので、僕も彼女につられてにっこり笑ってしまった。

「ね。俺だって、かなり怖いんだけど」

「でも、私、怪しくないから安心してください。ほら」

鈴木さんは鞄から学生証を出して、僕に差し出した。学生証が、怪しくないかどうかの証明になるかは疑問だけど、僕は一応受け取った。

鈴木千波。女子大の二年生。七月十五日生まれの十九歳。英文科で、学籍番号は０１２０７８。この駅は乗り換えで利用しているようで、最寄り駅は二つ向こうの小さな駅だ。

「ね」

鈴木さんは、僕に同意を求めるようにうなずいた。

「そうだね」

僕はいまいちわからなかったけど、うなずいておいた。鈴木さんは自己紹介ができてすっきりしたのか、とても爽やかな顔で、「いってらっしゃい」と電車に乗る僕を見送った。

僕に正体を明かしてから、鈴木さんは堂々と毎朝声をかけてくるようになった。多少疑問は残るものの、かわいい女の子と時間を過ごすのは悪い気がしない。僕も鈴木さんを受け容れるようになった。

「おはよ。いつも重そうだね。鞄」

「辞書が入ってるから……。和英と英和と、ドイツ語の辞書」

鈴木さんは鞄の中身を見せてくれた。

「すごい。俺、学生の頃そんなに勉強してたっけ」

「学生の頃？　永居さんって今いくつですか？」

「二十三」

鈴木さんは僕の年齢に声を大きくして反応した。

「二十三歳？　本当に？」

「本当にって、老けて見えるの？　若く見えるの？」

「いえ、若くも老けてもないけど、でも、二十三歳ってすごいぴったりだと思って」

「ぴったりって何に？」

「何にってことはないんだけど……」

鈴木さんはそう言うと、「とにかくすごいね」と微笑んだ。

僕たちが話をするのは、電車が来るまでの十分程度だ。それでも、それが何日か続くと、お互いのことをもだいたいわかり、ずいぶんうち解けるようになってきた。

鈴木さんはとてもきちんとしていて、敬語では話さなくなっても言葉の使い方がきれいで、姿勢や歩き方やいろんなことが正しかった。僕が鈴木さんに惹かれるまでに、そう時間はかからなかった。鈴木さんが魅力的でなかったとしても、毎朝こうやって話をしていれば、よっぽどじゃない限り、自然に好意を持ってしまうだろう。

鈴木さんの気持ちがどうなのかはわかりにくかった。僕に興味があって、僕に近づきたいと思っているのはわかる。だけど、恋をしている様子はない。僕をまぶしそうに眺めることはあるけど、そこには恋の甘さだとか、切ない気持ちは感じ取れなかった。

だけど、とにかく僕は鈴木さんのことを好きになってしまっていた。朝の短い時間を一緒に過ごすだけじゃ物足りなくなった。そして、この先、鈴木さんのことをもっと好きになっていくのは確かだった。それがわかると、二人の間柄をはっきりさせたくなった。毎朝、恋人でもないのに、こうやって話を交わすことがとても不自然に思えて仕方なくなった。

梅雨に入る前のとても天気の良い朝、からりとした風が吹いて、乗客でごった返したホームも少し心地よい。僕は思いきって踏み出すことにした。

「いつか、二人でどこか行かない？」

僕の告白に鈴木さんはきょとんとして首を傾げた。

「どこかって？」

「映画館とか、水族館とか」

「映画館と水族館？」

鈴木さんは眉をひそめた。

「いや、映画館や水族館じゃなくてもいいんだけど。鈴木さん、どこか行きたいところある？」

「うーん。別に行きたいところはないけど」

思いの外の反応の悪さに、僕は参ってしまった。

「土曜とか日曜とか、休みは暇？」

「バイトもしてるけど、空いている時もある」

「えっと、今度の日曜は空いてる？」

「うん。日曜はバイトが休みだから空いてるよ」

「じゃあ、今度の日曜日、会えない？」

「会えなくはないけど、毎朝会ってるのにどうしてわざわざ日曜日に？」

どう考えても僕が誘っているのは明らかなのに、鈴木さんは本気で腑に落ちない顔をしていた。

「どうしてって、もっとゆっくり話がしたいし」

「ゆっくり？　毎朝、結構話せてるよ」

「それはそうだけど、いつも慌ただしい駅で話してるだけじゃ物足りないから」

「だからって日曜日に会うの？」

「嫌なの？」

「嫌じゃないけど変な感じ」

僕は大きくため息をついた。よっぽど鈍感なのか、鈴木さんにはどう言っても伝わらないらしい。とうとう僕は電車待ちのホームで思いをうち明けるはめになってしまった。

「俺はもっと鈴木さんと仲良くなりたいんだ。鈴木さんのことが好きだし」

鈴木さんはここまで聞いて初めて理解した様子で、はっとした顔になった。そして、

「ごめんなさい。ほんとわかんなかった」と、くすくす笑いだした。

「いつもはこんなに鈍感じゃないのに。永居さんが言うからちっともぴんとこなくて、全然気が付かなかった」

「どうして俺だとぴんとこないの？　冗談に聞こえた？」

僕は少し不満に思った。

「冗談には聞こえなかったけど、永居さんってそういうんじゃないから」

「まあ、いいや。で、どうなの？　付き合ってくれる？」

すっかりうち明けてしまった僕は、大胆になっていた。

「付き合ってくれるって？」

「恋人になってくれるかってこと。だいたい恋人でもないのに、こう毎朝会うのもおかしいだろ？」

「確かに、少し妙な気がしないでもないけど」

「鈴木さんはどうなの？　嫌なの？」

「嫌なのって言われても……。恋人にならないと、一緒にいてくれないの？」

鈴木さんは僕を見上げて言った。

それは僕と一緒にいたいってことだろうか。それとも恋人にはなりたくないってことだろうか。

「友達でいたいってこと？」

「別に友達になりたいわけでもないけど」

「鈴木さん変だよ。すごく」

「ごめん」

「謝ってほしいわけではなくて、俺だってどうしていいかわかんなくなるよ」

鈴木さんは少しうつむいて、考えこんでいた。そして、顔を上げてきっぱりと言った。

「わかった。恋人になる」

「は？」

「永居さんと付き合うよ」

「それ、無理矢理みたい」

「無理矢理じゃないよ。永居さんと確実に一緒にいるにはそれがいいと思う。うん、とてもいいと思う」

鈴木さんは思いきったように告げた。僕の告白は受け止められたみたいだけど、ちっとも喜ばしい気持ちがしなかった。

「これって喜んでいいのかな」

「うん。喜んで」

「何か少し違うんだけど」

「違わないよ。大丈夫。明日から恋人ね」

鈴木さんはにこりと笑った。

そして、僕は鈴木さんと恋人になった。

2

恋人になるのは思った以上に困難だった。もちろん、今まで男の子と付き合ったことはある。でも、その時は、まず好意を持って、どうしようもなく大好きになって、それから恋人になった。

そんな気がないのに、突然、今日から恋人っていうのは初めてのことだった。だけど、永居さんと恋人になるのが一番適切だということはわかる。存在だけを確かめていたいなんて甘い話が通るわけないいし、恋愛感情なしに、ずっと一緒にいてくれというのはとても虫のいい話だから。永居さんはきっと悪い人ではない。少しがんばれば、きっとうまくいく。

*

「おはよ。タケル君」

「おはよ。そのタケル君っていうのやめてくれない？　恥ずかしいんだけど」

永居さんは、君付けで名前を呼ばれるのは小学生の時以来だと、いつも文句を言う。

「そのうち慣れるよ。恋人なのに永居さんってよそよそしいでしょう」

「そういうのって自然なものだから、恋人だからって変える必要はないのに」

六月の朝のホームは湿気が多くて息苦しい。今年は梅雨入りが早かったけど、雨自体は少なく、どんよりした嫌な天気が続いている。

「でも、努力すれば、早くいい感じになるでしょ？」

「無理して恋人って思われるのは、何か違う気がする」

永居さんは嫌がるけど、最初に会った時に恋人っていう視点で見ていないから、自然に放っておいたら、きっと永居さんとはずっと恋人になれない。

「大丈夫。タケル君の前では、気付かれないようにさりげなく努力するから」

私が言うと、そんなもんなのかなと永居さんが笑った。永居さんは笑うと力が抜けたようになって、顔の雰囲気が変わる。低い笑い声は静かに柔らかく響く。

「この場面、前にもあったね」

「え？」

「タケル君がそうやって仕方ないなって感じで笑うの」

「そうかな？　あんまり覚えてないけど」

永居さんの言うとおりだ。何度も同じような瞬間を体験したような気がするけど、永居さんとは出会ってまだ間もないのだ。

「そっか。違うのかな」

「デジャビュじゃないの」

永居さんが言った。

「こういうのデジャビュっていうんだね」

これから、永居さんと過ごす時間の中で、私は何回デジャビュのようなものを体験するのだろう。次第に、二人の間に起こる出来事を、前にあったことだと思わずにすんなり通り過ぎる日が来るのだろうか。きっとそれは、もっとうんと後だ。そう思うと、気が遠くなった。

私たちは、土曜日や日曜日、時間が合う度に、一緒にどこかへ行った。お互い心を配るのがうまいおかげで、心地よい時間を過ごした。機嫌が悪そうに見えるのは顔だけで、永居さんは人に緊張感を強いるタイプではない。私は永居さんと一緒にいることに、すぐに馴染んでしまった。

永居さんとデートするのは楽しかった。水族館や植物園や映画館。歳は少し離れているし、社会人と学生という隔たりはあるけど、二人の趣味はかけ離れてはいなかったから、無理なく楽しめた。イタリア料理に、ちょっとしたカフェ。見晴らしのいい展望台に、小さなテーマパーク。歳上だけあって、永居さんが連れていってくれるところは素敵だった。だけど、どれだけデートしても、どこに出かけても濃密な感じにはならなかった。ただ、気の置けない人と出かけることを楽しんでいるだけに過ぎなかった。

初めてキスをしようとした時も、うまくいかなかった。

「ごめん……、ちゃんと集中するから」

そう言って目をつぶってみても、だめだった。永居さんの顔も身体も私には馴染みがありすぎていて、どうしても照れくさかった。永居さんは怒るでもなく、「鈴木さんの言うとおり、僕たちはキスをするような関係でもない気がするね」って笑った。

今までの恋愛では自然にもっとうまくやっていた。自然と手を繫いで、キスをして、セックスをして。段取りを踏むわけでもなく、思い切るわけでもなく、一緒にいる時間を費やすだけで二人の間を深めていけた。

だけど、永居さんとはそんな流れがないような、ずっとしっくりこないような、そんな気がする。会うほどに、仲良くはなったし、気心は知れていった。だけど、いつもからりとしていて踏み込んだものがなかった。

永居さんがそういう距離感を不満に感じているのはわかったし、私だって、永居さんの気が好いのをいいことに、こんな関係に甘んじているつもりはなかった。

梅雨明け宣言を受けた私たちは、朝早く待ち合わせて海沿いの街へドライブに出かけることにした。

「そうそう、私はタケル君の味方だよ」

「今度は何？」

「みんなが反対しても私は味方だから」

「そうなの？」

永居さんは適当に返事しながら、「酔わない？」と少しだけ車の窓を開けた。永居さんは自分で運転していても、車酔いする。特異体質だ。運転が下手なわけじゃないのに、いつも少し走ると休憩する。少し開いた窓から、エアコンで冷たくなった車内にぬるい夏前の風が入ってくる。

「嬉しくない？」

「何が？」

「何がって、私が味方だってこと」

「いや、嬉しいけど、でも俺、みんなから反対されるようなことしてないし」

永居さんの小さな事務所では、ちょっとやそっと変な行動を取っても、誰も反対も抗議もしてくれないらしい。私は次の作戦を実行した。

「じゃあ、やっぱり、タケル君にだって辛いことといっぱいあるもんね」

「何それ」

「私わかる。そうやって、明るく振る舞ってるけど、本当は泣きたいことといっぱいあるんでしょう」

「いや、特には。今のところ泣きたいことも辛いこともないし、俺って努めて明るく振る舞うといった芸風も持ち合わせてないしなあ」

窓からきれいな日差しが入ってくる。少しずつ海に近づいている印だ。きれいな景色の中を移動していると、とてものんびりした気分になり、日曜日なんだなってよくわかる。こうやって景色と時間が過ぎていくのを眺めているのはとても気持ちよい。

「じゃあ、次ね。実は私こう見えても、すごいの」

「何が？」

「書道三段なんだ」

実は茶道も華道も免許状を持っていたが、控えめに一つだけ自慢しておいた。私が普段鉛筆で書く字はたいしてきれいじゃないから、書道が三段だと言うとたいてい驚かれる。なのに、永居さんは「確かに鈴木さん、字がきれいだもんね」と納得してしまった。

「確かにじゃないわよ。ギャップなのよ」

「ギャップ？」

「確かにじゃだめなの。もっと、そうだったの？って感じじゃないと」

「いったい何？」

「何って？」

「鈴木さんの言うこと、変なんだけど」

「変？」

「会話がとってつけたような感じ」

「わかっちゃった？」

「うん。何なの？」

「これはね、男を虜にする五つのポイントなの」

なかなか効果が現れないので、私は本当のことを明かしてしまった。

「男の人って、彼女には自分の味方になってほしくて、弱いところを慰めてほしくて、ギャップに弱くて……後は、なんだったっけ。残りは明日実践する」

「そうやって種明かしすると、効き目ないいんじゃない？」

永居さんが穏やかに笑って、私はまたデジャビュを感じた。

「そうなのかなあ。あ、思い出した。後は、生活を全て明かさないこと。男の人って秘密のある部分に惹かれるのよ。恋愛中であっても、ちゃんと自分の時間を持つことが大事なんだって。いつもいつも彼氏のために時間を空けているような女は魅力ないの。というわけだから、私、明日から習いごとすることにしたから」

「何習うの？」

「うーん。特に習いたいことないのよねー。テニスにしようかと思ったんだけど、お金かかるし、絵とか習っちゃおうかな」

「別にいいじゃない。そんなことしなくても。どうせ雑誌かなにかの情報だろ？　そういうのって現実的じゃないよ」

「でも、ちゃんと東京在住の男性二百名に聞いた結果なのよ。いいと言われてることはとりあえずやってみないと」

永居さんは他人事のように「大変だねえ」とつぶやいて、ロードパークを見つけて車を停めてしまった。

「大丈夫?」

「完全に酔ってしまった」

永居さんは力無く笑うと、窓を全開にした。

「ひどいの?」

「たいしたことないよ」

永居さんの車酔いは、新しい空気さえ吸えばいつでもすぐ治る。たくさん雨が降った後の今日の空気はとてもきれいだから、きっとじきに永居さんの調子は良くなる。なのに、永居さんは窓から顔を出したままで、

「今日は一日ここで過ごそっか」

と言った。

「え?」

「ここで車停めて過ごさない?」

「そんなにしんどいの?」

「全然大丈夫」

永居さんは私の方を向いてにこりと笑ってみせた。

「運転代わる？」

免許は取ったばかりだけど、私の運転はそこそこうまい。永居さんの車も何回か交代して運転したことがある。

「いいよ。ただ、ここで過ごすのもいいかなって思って」

「ここでって、いったい何して？」

「缶ジュース買って、ゆっくり話でもしよ」

永居さんが自販機を指した。ロードパークには車が三台ほど停められるようなスペースがあり、ジュースとカップラーメンの自販機とトイレとベンチがある。

「ここで何もせずに過ごすの？」

「たまにはいいんじゃない？」

「もったいないよ。もう少し行けば海に出るのに……」

せっかく早起きしたのに、天気の良い日曜日にこんな場所で過ごすのはもったいない。

「海見たかった？」

「そうでもないけど、せっかく二人でいるんだから、もっと二人じゃないとできないことしようよ」

「二人じゃないとできないことって？」

「テニスとか卓球とかバドミントンとか」

「それってみんな一緒じゃない」

永居さんが吹きだした。

「じゃあ、歩こうよ。もっと景色の良いところを。ね」

「いいじゃん。ぼーっとするのもさ」

永居さんはもう動く気はないらしく、シートを後ろに下げて大きく伸びをした。

「おじいさんみたい」

私も誘うのを諦めて、シートベルトをはずした。

「学生はどうか知らないけど、普通、デートってそう毎回どこかに行くってわけじゃないよ」

「そうなのかなあ」

前の彼氏とは高校生の時に付き合いだしたせいか、図書館や植物園や水族館や、とにかく毎回ちゃんと予定を立てて動いていた。そこまで計画的に動かなくとも、日曜日に二人で過ごすのに、何もしないのは生産的じゃない。

「どこで過ごしても、何をしても、二人でいるのは一緒だからたいして変わらないって」

永居さんはそう言った。

結局、私たちは一日中ロードパークで過ごした。車から降りてベンチに移ってみたり、一分もあれば一回りできるロードパークの中を何周も散歩したりした。途中、腐ってないかなあと心配しながら、錆のついた古い自販機でカップラーメンを買っておそるおそる食べた。それだけで、後は本当に何もせず過ごした。お互いの近況なんて毎朝話してるから、取り立てて話すこともなく、何かについてじっくり話し込むわけでもなく、思いついたことをぽつりぽつり話すだけだった。

だけど、楽しい時間だと思った。カップラーメンも缶ジュースもとてもおいしかったし、のんびり過ごすのは気持ちよかった。すごく時間を無駄にしているようなのに、とても満たされた気持ちがした。こんな所で何もせずに過ごすなんて、友達ともしないだろうし、一人じゃできないことだ。そう考えると、贅沢な気持ちさえした。

「タケル君が車酔いして良かった」

私がそう言うと、永居さんは「それは良かった」と喜んだ。

二十歳の誕生日、永居さんのプレゼントは私をとても驚かせた。それはアクセサリーでも洋服でもなく、花束でもお菓子でもなく、なんと辞書だった。ドイツ語と英和と和英。三冊の辞書。

「なんか、誕生日っぽくないかもしれないけど」

永居さんはちょっと遠慮がちに、包みを渡してくれた。

「何？」

私はずっしり重くて固い包みが何なのか、さっぱり見当が付かなかった。

「それしか思い付かなくて」

「辞書だ！」

私は中身を見て、思わず歓声を上げた。

「いつも学校に行く時の鞄、重そうだから家用にと思って」

「すごい」

「変だった？」

「変じゃなくて、すごいよ。とても」

本当に私は驚いてしまった。大学に入学する時、兄も入学祝いに辞書を三冊くれた。女の子に辞書を贈る男の人がこんなにもいるなんて、不思議な感じがする。

「気に入った？」

「気に入ったも何も、すごくすごく嬉しい」

「よかった」

味気ないプレゼントではないかと心配したと永居さんは言ったけど、私は嬉しくて何回もありがとうを言った。

「あのね、大学の入学祝いに兄も辞書をくれたの。タケル君と同じように三冊も。時計とか鞄とか、選ぶのが面倒くさいからって。辞書がお祝いだなんてちょっとつまらないって、その時は少し不満に思ったけど、結局、よく使う物だから後になってとてもありがたかった。でも、私、大学ではフランス語を取ろうと思ってたの。なのに、お兄ちゃんがドイツ語の辞書くれたから、しかたなくドイツ語を選択しちゃったのよ。でも、それが使い勝手のいい辞書なんだ。きっとすごく選んだんだろうなって思う」

あの時のことがくっきりと思い出される。妹にお祝いを渡すのが照れくさいのか、兄はこれでいいだろうって無造作に包みを押しつけた。私がお礼を言うと、辞書でがっかりしたくせにとひねくれて言った。

「俺、表紙だけで選んじゃったけど」

永居さんが言った。

「この辞書もすごく使いやすいと思う」

「中身見てないのに?」

永居さんが調子いいなって笑った。

「わかるんだ。手の馴染みがいいし……。それに、毎日使ってたら、よっぽどじゃないかぎり使いやすくなるもん。いっぱいいっぱい使い込むね」

永居さんはプレゼントしたのに、私にありがとうって言った。どうしてありがとうなんて言うの?って訊くと、なんでだろうねって永居さんも首を傾げた。そして、そのまま私の唇に小さなキスをした。兄のお祝いと永居さんのプレゼントはそっくりだった。

だけど、まるで違って、今日はデジャビュがまったく起きなかった。

*

当然のように手を繋いで、人目さえなければ、タケル君のどこにでも自由にキスができる。そういうことがこんなにも気持ちよいことだとは思いもしなかった。

「こうしている時が一番幸せ」

タケル君と手を繋いでいるとそう思う。今まで幸せな時っていっぱいあって、どれも甲乙(こうおつ)つけがたくて、なのに、これといって幸せだって言い切れる時はなかった。でも、タケル君と身体のどこかが繋がっている時、確実に幸せだって思う。

私たちはそんなにあちこち出かけなくなった。映画にしてもイベントにしても、どこ行こうかって話している時が楽しくて、いざ、映画館の前とかに来ると、何かもったいないねえ、二人で話してる方がいいねってなって、公園で長話をする。

だいたいよく過ごすのはタケル君の部屋で、そこは恐ろしく居心地のいい場所だと思う。タケル君は潔癖性じゃなく、不潔でもなく、ちょうどいいくらいに部屋は片付いていて、広くも新しくもなかったけど、二人でだらだら過ごすのには打ってつけの場所だった。

体温とか匂いとか声の調子とか。背中とか手とか触り心地のいいほっぺただとか。小さいことにこだわらない穏やかなところとか、だらしないくせに電気とかガスとか几帳面に節約するところとか。どれも好きでいる決定的な理由じゃないけど、そのどれもがとても自分に合っていて大好きだと思う。キスをしてセックスもして、身体も心もすっかりお互いに馴染んでしまうと、どこが好きだとか、どうして好きになったのか忘れてしまう。それはとても嬉しかった。タケル君を好きになった理由や好きなところを考えなくても、心おきなく一緒にいられる。動機は不純かもしれないけど、今、タケル君と恋人でいて良かったって思う。


「夏休みも終わっちゃうし、お祝いしようか」

「うん。そうしよ」

夏休み最後の日曜日、タケル君の部屋で朝から掃除したりキスしたり、テレビ見たりセックスしたりしてだらだらと過ごしていた。

「何か食べに行く？」

「そうだね」

この部屋に来はじめた頃は張り切って、私は少し凝ったサンドイッチやスパゲティを作ったりしたけど、今はめったに料理をしない。二人でコンビニやスーパーであれこれ買いこんで食べることの方が多い。料理は苦じゃないけどその方が気楽で、ずっといいことに気付いたのだ。

「たまには豪華に、お寿司とか、フランス料理とか食べようか」

タケル君は寝っ転がったままで言った。

「そうだねえ」

私もタケル君のおなかの上に頭を載せたままで答える。タケル君のおなかはとても柔らかい。肌もすべすべしていて、ほっぺたをこすると気持ちよい。他人のおなかに触る機会なんてめったにないけれど、こんなに柔らかい場所に頭を押しつけていられるなんて幸せだ。

「そうだねって、どうする?」

「どうしよっかなあ……」

「早くしないと、二時過ぎたらお昼の営業終わっちゃうんじゃない」

「本当だねえ」

動く気のない私たちはそんなことを言いながら、結局、近所のスーパーでパーティ用上寿司セットを買って、タケル君の家で食べることにした。

「私たちって行動力がないね」

私はそう言ったけど、十分満足だった。

パーティ用のお寿司以外にも唐揚げとポテトサラダを買って並べたので、食卓はちょっと華やかに見える。食事中にジュースを飲むのは気持ち悪いという点は二人とも共通しているので、私たちは緑茶で乾杯をした。

「さあ、食べよ」

タケル君はお寿司に付いているビニールの醤油の封を切ると、お寿司全部にまんべんなく醤油をかけた。イカもマグロも海苔巻きまでも、あっけなく茶色にされてしまった。

「ちょっと、どうしてみんなにかけちゃうのよ」

「え？」

「普通、お醤油は一つずつ食べる時につけるでしょ」

私はとりあえず、海苔巻きやアナゴを醤油から救うために別のお皿に引き上げた。

「この方が手っ取り早いかなって思ったんだけど」

「絶対変。塩辛くなるし、おいしくないのに」

カウンターのお店や回転寿司やいろんな所でお寿司を食べたことがあるけれど、こんな食べ方をする人を今まで見たことがない。

「いいじゃん。わらび餅はみんなで突っついて食べるくせに」

タケル君が言った。

夏休みに入ってすぐ、タケル君の部屋でわらび餅を作ったことがあった。わらび粉を水に溶かして、でかい鍋で煮立てる。すると、信じられないほどの量のわらび餅ができる。お店で買うのがばからしくなるほど、たくさんのわらび餅が簡単に作れる。それに、できたてのわらび餅は格別においしい。母さんの実家からわらび粉が送られてきたので、タケル君にも食べさせてあげたかったのだ。

「ちゃんと混ぜてよ」

鍋を火にかけたら、わらび粉が固まってしまわないように、しっかり木べらで混ぜなくてはいけない。これには実はかなり力がいる。

「こんなもんかな」

「だめだめ、ちゃんと透明になるまで練ってくれないと」

私はタケル君にわらび餅を練る作業を命じて、自分はきな粉に砂糖を混ぜるという楽な仕事にかかった。

「もういい？」

汗をかいて木べらを動かしながらタケル君が言った。鍋をのぞき込むと、ちょうど良い弾力をもったわらび餅がセメント色をして固まりかけている。お店で売られているのは、でんぷんでできていて白っぽいけど、本当にわらび粉が入っているわらび餅は黒っぽい。

「やっぱり男の子っていいね。力加減が絶妙」

私たちは二人で協力して、わらび餅を細かくちぎって、たっぷり水と氷を入れたボウルの中に入れた。

「こんなに食べきれるかな？」

タケル君はボウルに浮かぶ無数のわらび餅を見て言った。

「大丈夫だって」

ゆうに五十個くらいあるけど、喉にするするって入るし、何よりおいしいから食べてしまえるのだ。私は、わらび餅をタケル君の家にある一番大きなザルにあげて、水を切って食卓に置いた。

「わらび餅ってこんなふうに食べるの？」

真ん中に山盛りのわらび餅、それぞれの前にきな粉の入った器が置かれているのを見て、タケル君は目を丸くした。

「そうよ」

「そうめんみたい」

「そう言われてみればそうだね」

我が家では、夏休みになるとわらび餅を作る。大きな鍋でたくさんのわらび餅を練って、ザルにあげる。それをみんなで囲んで、きな粉を入れた器に取って食べる。きな粉は甘さの加減が個人の好みによって違うから、それぞれが自分用に作った。小さい頃からそうやってわらび餅を作って食べてきたから、当たり前に感じていたけど、奇妙かもしれない。不思議がるタケル君を見ていると、私たちはそれぞれ、違う家庭で育ったんだなって思った。

「でもおもしろそう」

タケル君は、わらび餅を早速食べた。そして、おいしいと感動していた。五十個近いわらび餅は二人であっけなく食べきってしまった。

「だけど、わらび餅の時はちゃんときな粉を一つずつつけて食べたでしょ」

大皿で食べるのと、調味料を一気にかけるのとはわけが違う。

「面倒くさくないからいいじゃない」

タケル君は気にせずお寿司をほおばった。

「高級感ダウンだよ」

私は文句を言いながらも、玉子のお寿司を口に入れた。甘い玉子に醤油の味が混ざって妙な味がしたけど、悪くはなかった。結局二人で食べる時、細かい味なんてどうでもいいのかもしれない。

「今度はちゃんと一つずつ食べよう」

タケル君がそう言って、冬休みの最後の日にも一緒にお寿司を食べる約束をした。

恋人ができると、食べるものも食べ方のレパートリーも広がる。違う環境で育った人と親密になるのは、とても愉快なことなのかもしれない。

3

太股の付け根に湿疹ができた。たいしたことないだろうと放っておいたら、みるみる間に悪化して、赤く腫れてしまった。汗をかくし、歩くたびにすれるからどんどんひどくなる。掻きむしるせいで、汁まで出て、患部が広がってとても汚くなってしまった。場所が場所だけに、人知れず早く治さなくてはいけない。

一人暮らしなので、ばれるのは千波ちゃんだけだ。セックスさえしなければ、見つかることはない。なんだかんだとごまかして、一週間、十日間、なんとか過ぎていった。恋人を前にして、十日間もエッチしないのは健康な僕にはとても酷なことだけど、こんな股間を見られたら十日どころか一生エッチできないかもしれない。そう思って我慢し、せっせと治そうとがんばった。しかし、一向に治る気配はなく、湿疹はひどくなる一方だった。

二週間が経った日曜日、千波ちゃんは、ごく普通の会話の中で「ねえ、十日以上もエッチしてないよ」と言ってのけた。

「え？」

「だから、ずっとセックスしてなくない？」

「したいの？」

「もちろん」

僕はすぐにでも、布団を敷こうかと思ったけど、湿疹のことを思い出してやめにした。湿疹はかなりひどくなっている。今日はまずい。

「あと一週間待って」

僕は意味不明な言い訳をした。

「生理？」

「いや、まあそんなところ」

僕が適当に答えると、千波ちゃんがにやりと笑った。

「タケル君。私が何も気付かないとでも思ってる？」

千波ちゃんは概(おおむ)ね鈍感だけど、妙なことには鋭い。案外とっくの昔に気付いていたのかもしれない。

「何が？」

僕はおそるおそる訊いてみた。

「何がって、ちゃんとわかってるんだよ」

「わかってるって何を？」

「何をって、タケル君がセックスできない理由」

「ごめん……」

僕はついに観念して、千波ちゃんに悲惨な湿疹の話を白状した。

「あれ、湿疹だったの？」

「勘づいてたんじゃなかったの？」

「勘づいてはいたけど、痔になってるんだと思ってた。歩き方変だし、何かお尻をかばうような感じだったし」

「痔よりひどいよ」

「ふうん。とにかく見せて」

「え？」

千波ちゃんは嫌がる僕に「早く見せて」と強引に迫った。

「見たら引くから」

僕は何回も、見るに堪えないひどい状態になっていることを千波ちゃんに念を押してから、ズボンを脱いだ。

「うわあ。ひどすぎ」

千波ちゃんは悲鳴を上げながらも、僕の股間をのぞき込んだ。僕の股間は赤く腫れているうえにところどころ皮がめくれ、汁や血が出て、とても悲惨な状況になっている。

「そんなにじっくり見ないでくれる?」

「よく見ないとわかんないでしょ」

千波ちゃんはえらそうに言いながら、僕の湿疹を興味深げに触ったり見つめたりと観察を始めた。

「かなり恥ずかしいんだけど」

千波ちゃんは僕の言葉を無視して、湿疹をべたべたと興味深げに触って、長い間真剣に見つめていた。


翌日、千波ちゃんは薬を持ってきてくれた。

「どうしたの?」

「どうしたのって、買ってきたの。薬局のお姉さんにタケル君の湿疹のこと説明して」

「すごいね」

薬局で股の間の湿疹の説明をする千波ちゃんの姿を想像すると、僕は赤面してしまった。

「さ、早くシャワー浴びて洗って、薬塗ろう」

「え？」

「薬塗ってあげるって」

「いいよ。恥ずかしい」

「恥ずかしいって、昨日見たじゃない。それにしょっちゅう見てるよ」

「だけど」

「いいから。早く」

千波ちゃんは強引に僕を風呂場に連れて行くと、股間を丁寧に洗ってくれた。そして、薬を塗りはじめた。もちろん僕は自分ですると申し出たけど、千波ちゃんが言うには、誰かに治療してもらうと、自分で治療する二倍の早さで完治するらしい。そう言えば、千波ちゃんは熱が出た時、わざわざ僕に会いに来た。頭に手を置いてくれれば早く治るからって、僕はデートの間中、千波ちゃんの額(ひたい)に右手を押しあてていた。副作用もないし、タッチヒーリングは一番良い治療法なのよ、と千波ちゃんは言っていた。嘘か本当かわからないけど、僕は素直に足を広げて千波ちゃんの前に座って、薬を塗ってもらった。とても情けない姿だけど、千波ちゃんはまるで構わず、なんだか嬉しそうに薬を塗った。

「なんかすごいよね」

僕は股を広げたままでそう言った。

「確かにすごい荒れようだね」

「いや、そうじゃなくて、この格好」

「確かにね。変な姿」

千波ちゃんは笑った。

「こんなこと普通できないよな」

「なんか家族みたいだね」

千波ちゃんはしみじみ言いながらも、手際よく薬を塗った。

「そうなの？」

「まさか。母親や妹にだって絶対、俺こんなことできないよ」

「絶対だめ。恥ずかしすぎる。千波ちゃんだって、兄ちゃんにこんなことできる？」

「そうだなあ……」

千波ちゃんは真剣に首をひねって考えて、そして顔をしかめて言った。

「確かに無理。かなり気持ち悪いね。タケル君だからできるんだねえ」

「すごいね。恋人って」

「何でもありになっちゃうんだね」

お互いに感心して、僕たちは「愛してる」って変な格好で言いあった。

「早く治りますように」

千波ちゃんはそう言って、僕の股間にキスをした。

いつもは車で見送るけど、その日は歩いて見送った。電車の方が少しだけ長く一緒にいられる。

「遅くなったし、挨拶しとこうか」

千波ちゃんの家の前で僕は言った。もう何回も言っている台詞だ。

「挨拶って？」

「ご両親とかお兄さんとかに」

「いいよ。そんなの」

「ここまで来てるんだから、一度ご両親に会っておいた方がよくない？」

「いいって。みんなもう寝てるから」

千波ちゃんはいつもどおり、僕が家族に会うのを拒絶した。

「まだ八時過ぎなのに？」

僕が指摘すると、千波ちゃんが肩をすくめて笑った。

「だって、絶対タケル君、いい気しないと思う」

「そんなにひどい家族なの？」

「うん。父は酒乱で母は酒豪なの」

千波ちゃんの言うことは絶対嘘だ。千波ちゃんは良い家族の中で育った穏やかさと頼りなさをちゃんと持っている。

「えっと、今日も会えて良かった。じゃあまたね」

千波ちゃんはそう言って、手を振った。

＊

千波ちゃんはぎりぎりまで渋い顔をしていた。

「ほんとに来るの？」

「何を今さら。ここまで来てるのに。お土産(みやげ)だって買っただろ？」

「まあね」

千波ちゃんは気乗りしない顔のままうなずいた。

付き合って半年近く経つのだから、とりあえず千波ちゃんの家族に挨拶をしておきたかった。離れて暮らしているのならまだしも、千波ちゃんは実家で暮らしている。僕の存在を家族も知っているはずだ。それなのに、知らん顔しているのはきまりが悪い。

千波ちゃんが暮らしているのは、まだ新しい静かな住宅街だ。ちゃんと木が等間隔に植えられ、道も広く、掃除も行き届き、整然としている。赤や黄色の落ち葉が、街並みを暖かく彩(いろど)っていた。立ち並ぶ家はほとんどが洋館で、それぞれ凝った庭を造っていて、美しかった。

秋の色の濃い夕方、家々からは鍋物や煮物の甘い匂いがこぼれてくる。それが僕をとても温かい気持ちにさせた。よその家へ行くのはわくわくする。なぜか、初めて会うのに、千波ちゃんの家族は千波ちゃんにとても似ている気がして、僕はあまり身構えていなかった。

千波ちゃんの家の庭には、様々な木が植えられていた。木の高さが違うおかげで、鬱(うっ)蒼(そう)とせず風通しのいい庭だ。入り口には二種類の木が植えられていて、どちらも葉が黄色く変わろうとしていた。グミと大手鞠(おおでまり)なの、と千波ちゃんが教えてくれた。

千波ちゃんは最後にもう一度、「本当に嫌にならない?」と僕に念を押して、大きく息を吸ってから重い扉を開けた。

「ただいま」

千波ちゃんの声で、中からお母さんとお父さんが一緒に出てきた。

「まあ。ようこそ。いつも千波が……」

お母さんはにこやかな声でそう言って、僕を見上げるとそのまま固まってしまった。

お父さんは何も言わず、僕の顔を見つめた。二人とも言葉を忘れたように僕の顔をまぶしそうに眺めた。目を凝らして、僕の顔を、僕の姿を、確かめるように真剣に見つめる。

千波ちゃんが初めて僕を見た時と同じ表情。僕は二人にあまりに強い視線で見つめられて、挨拶すらできないでいた。

「永居タケル君」

千波ちゃんが沈黙を遮るように、はっきりとした声で言った。

「あ、ああ。よく来てくれたね。話は千波から聞いてるよ。いつも仲良くしてもらって」

我に返ったようにお父さんはそう言うと、僕を家の中に招き入れてくれた。

夕飯はミートローフとブイヤベースだった。そんな料理、僕は名前すら知らなかった。だけど、どちらもとてもいい匂いがしていて、僕は完全に緊張が解けてすっかりおなかがすいてしまった。

「普段はこんなおしゃれなものばかり、食べているわけじゃないのよ」

千波ちゃんが言った。

「千波が彼氏を連れてくるっていうものだから、張り切っちゃったの」

そう言って笑うお母さんはとても好ましかった。千波ちゃんはどちらかというと、お父さんに似ていたが、笑い方はお母さんにそっくりだった。

食事はとてもおいしかった。お父さんもお母さんも僕に対して好意的で、心地よく時間が過ぎていった。娘の彼氏に対する時のような興味深げな態度も敵意もなく、とてもすんなりと僕を受け容れてくれた。食べる物や食べ方は僕の育った家庭とはまるで違ったけど、それでも何度もここで食事を共にしているようにゆったりと食べることができた。

お父さんもお母さんも、千波ちゃんと僕との二人のことにはほとんど触れず、僕に関する話をした。煙草は吸うの？　お酒は強いの？　家族構成は？　好きな食べ物は？　血液型は？　どんな音楽を聴くの？　質問はたわいもないものばかりだった。そして、僕のどの答えにも、お父さんもお母さんもきちんと耳を傾けてくれた。ただ、僕の箸を動かす手や、水を飲む口元をお母さんがじっと見ていることが気になった。お父さんも僕の顔を注意深く見つめていた。出会った頃の千波ちゃんもそうだった。僕の書く文字、物を運ぶ手、そういうことにいちいち注目した。人の動作に細かく注目するのは鈴木家の癖なのだろうか。

食後に、お土産に買ったチーズケーキを食べることになり、お母さんが紅茶を淹れてくれる間、僕たちはリビングへと向かった。リビングにはピアノがあり、ゆったりとしたソファがある。絵に描いたような豊かな家庭だなあと、ピアノに目をやった僕は息が止まった。

本当のことが唐突にわかる時というのは、こんなにも身体に衝撃を受けるものなのだろうか。僕は頭のてっぺんから血の気が引き、身体の先まで冷たくなるのを感じた。

ピアノの上には一枚の写真が飾られていた。シルバーのしゃれた写真立てに入れられた一枚の写真。その写真が一瞬にして僕に全てを教えた。すごい速さでとても明確に、僕に真実を知らせた。千波ちゃんが僕に近づいた動機、この家になかなか入れなかった理由、お父さんとお母さんの親しげな態度。たくさんの疑問が一気に解けてしまった。

「お兄さんは？」

僕の声はかすれていたが、とてもしっかり響いた。

「お兄さんは、今日は仕事？」

千波ちゃんは僕から目をそらしたまま、「いないわ」と答えた。

「いないって？　出かけてるの？」

「そうじゃないけど」

「そうじゃないって？」

「いないのよ」

もうやめた方がいい。訊かなくても、わかっているのだ。それでいい。これ以上訊くべきじゃない。そうわかっているのに、僕は千波ちゃんを問いつめることをやめなかった。

写真に写っている千波ちゃんのお兄さんと、僕はとてもよく似ていた。顔も体つきも持っている雰囲気も、僕自身が目を疑ってしまうほどとても似ていた。

「一緒に暮らしてるんだろ？」
「そうよ」
「じゃあどうしていないの」
「いないものはいないのよ」

千波ちゃんは一度も顔を上げないままで答えた。表情も声色（こわいろ）もいつもと変わらなかった。

「お、永居君もピアノを弾くのかね」

トイレからお父さんが戻ってきて、僕たちの話は途切れてしまった。

本当はそのまますぐにこの家を飛び出したかった。千波ちゃんの言うとおり、この家に来なければよかった。さっきまで友好的に感じていた空間が、重たくて仕方なかった。お父さんとお母さんが、僕をとても親しい人間として見ているのが気詰まりだった。一刻も早くここから解放されたかったし、一人になって頭の中を整理したかった。だけど、僕はきっと千波ちゃんのためにその衝動を抑えて、味のしないチーズケーキを食べた。

来なくてもいいって言ったのに、千波ちゃんは駅まで送ると言って聞かなかった。

「だから家に来ない方がいいって言ったのに」

千波ちゃんが誰に言うとでもなくつぶやいた。

「いつ？」

「何が？」

「お兄さんはいつ亡くなったの？」

「私が大学に入学してすぐに」

「そんなこと知らなかった」

千波ちゃんの話にたまにお兄さんが出てくることがあったけど、死んだとは一度も耳にしなかった。

「だってタケル君、生きてるかどうかなんて訊かなかったから」

「そんな質問、普通しないだろ」

「生きてるかどうかなんて話も、普通しないわ」

「だから俺に声かけたんだね」

僕は千波ちゃんの方を見ずに言った。

「突然俺なんかに近づくなんて、変だと思ったよ」

人気（ひとけ）のない夜の道に僕の声は大きく響いた。住宅街の夜は早い。まだ九時を回ったところなのに、しんと静まりかえって、僕たちの足音だけが響いていた。

「変じゃないよ。どういう出逢いだったら正しいの？　道でばったり会って、一目惚れとかだったらOKなの？　友達の紹介だったらいいの？　きっかけなんて何でもいいじゃない」

千波ちゃんが言った。僕はそれきり何も話をせず、黙々と歩いた。

千波ちゃんと出会った時、なかなか恋人になれなかった時、不可解な瞬間がたくさんあった。千波ちゃんの家族に会わなければ、僕はずっと何も知らずにご機嫌に付き合っていたのだろうか。それはとても恐ろしいことのように感じた。僕はお兄さんの身代わりなんだろうか。僕の顔がお兄さんと似ていなかったら、千波ちゃんと付き合うことはなかったのだろうか。千波ちゃんは僕を誰だと感じて一緒にいるのだろうか。

何度も千波ちゃんは声をかけてきたが、僕は答えなかった。それでも千波ちゃんは駅まで僕の後をついてきた。

僕は何に腹を立てているのだろう。千波ちゃんがお兄さんのことを話してくれなかったことだろうか。千波ちゃんが僕を好きになった理由が、お兄さんに似ているということだと判明したからだろうか。

千波ちゃんが何度も「じゃあね」と言うのを聞きながら、僕は振り返らずに改札を過ぎた。

次の日の朝、千波ちゃんは授業が昼からしかないのに駅にいた。僕が千波ちゃんを見つけるのと、千波ちゃんが僕を見つけるのが同時で、僕は目をそらすことができず、仕方なく千波ちゃんが近づくのを待った。

「おはよ」

千波ちゃんはいつもより少しはにかんで言った。

「おはよ」

僕が答えると、千波ちゃんが安心したようににこりと笑った。千波ちゃんの笑顔を見ると、気持ちがほどけるのがわかった。

「怒ってるの?」

千波ちゃんが訊いた。

「別に」

「あのね……」

千波ちゃんが言葉を探すように宙を見た。

「わかってる」

千波ちゃんの説明したいことはわかった。

昨日一晩考えて僕は答えがわかった。本当は一晩も費やさなくても、帰りの電車の中ですでに本当のことがわかっていた。千波ちゃんはお兄さんに似ているから声をかけて、僕に近づいた。そして、僕のそばにいようとした。それは事実かもしれない。だけど、僕は今ちゃんと千波ちゃんに愛されていることを知っていた。今となっては理由や根拠はどうでもいい。

「あれ、また重そうじゃない」

僕は気持ちを変えて、明るい声で千波ちゃんの鞄を指した。

「あ、うん。辞書が入ってるから」

そう言って、千波ちゃんは鞄を広げた。中には僕がプレゼントした辞書が三冊詰まっていた。

「家と学校で、違う辞書を分けて使えばいいのに」

僕はそのつもりで誕生日に辞書をプレゼントした。毎朝混んだ電車の中、重い辞書を持って登校するのは大変そうだったから。

「そうなんだけど、タケル君にもらった方ばかり使ってると、前の辞書が使いにくくなっちゃって」

「合理的じゃないね」

「いいの。合理的ってつまらないから」

千波ちゃんは、嬉しそうに笑った。

「それよりこれからが大変よ」

「大変って？」

「父さんも母さんもタケル君をすごく気に入ったの。連れてこいってうるさくて」

千波ちゃんは肩をすくめた。


千波ちゃんの言葉どおり、お父さんとお母さんは僕を家に招きたがった。二人が息子のいない隙間を僕で埋めようとしているのが目に見えて、戸惑った。だけど、僕のふとした仕草や言葉で救われたような顔をするお父さんやお母さんを見ていると、僕は千波ちゃんの家に足を運ばずにはいられなかった。今ではデートした最後に、千波ちゃんの家でご飯を食べるのがおきまりになってしまった。お父さんは僕が来る日には、嬉しそうに早々に仕事を切り上げて帰ってくる。お母さんは嬉々として手料理を振る舞ってくれる。千波ちゃん以外は、僕を誠さんだと思って接していた。

「うちの娘に手を出しやがって、ってむやみに怒る親よりいいでしょ？」

千波ちゃんはそう笑った。僕に秘密を知られてしまった千波ちゃんは、すっかり気楽になっている。

「今日はリゾットを作ろうと思うの。タケル君も好きでしょ」

お母さんは僕の好みを勝手に決めてしまっている。鈴木家では僕は紅茶好きで辛い物が苦手で、チーズやバターが好物になっていた。本当は紅茶よりコーヒーが好きだし、辛い物は好きなんだけど、いちいち否定するほどのことでもないし、僕も自然に受け止めていた。それに、僕はこういう瞬間に誠さんと自分の相違点を感じて、妙に安心した。好みまで一緒じゃなくてよかった。そのままの僕を誠さんだと受け止められるより、自分と違う誠さんを演じている方がまだ気が楽だった。

「リゾットって何？」

僕は千波ちゃんに耳打ちした。兄の大好物よ。千波ちゃんはそう言った。

夕飯に出てきたのは、アサリや野菜が入ったお粥だった。具がお粥に入っていること自体、僕は引いてしまったけど、お母さんはお粥にたっぷり粉チーズを振りかけ、僕の食欲をさらに減退させた。お粥に粉チーズ。僕の食の知識にはまるでない。

「どうかしら」

お母さんが不安そうに、でも、僕がおいしいというのが分かり切っているかのように訊いた。僕は思いきって、アサリ粥を口に運んだ。

「いや、あのおいしいです」

僕はそう微笑んでみせたけど、食べられたものじゃない。アサリや玉葱が入ったお粥は気持ち悪くて仕方なかった。千波ちゃんは僕の顔を見て、苦笑いした。

「タケル君はこういう混ぜご飯が苦手なのよ」

千波ちゃんが言うと、お母さんは残念そうに「あらそうなの。ごめんなさいね」と塞いだ声を出した。

「いえ、大丈夫です。初めて食べるけど、でも、おいしいです」

僕が誠さんと違うということが明らかになる瞬間、家族全体がしらけた雰囲気になる。

「そう。無理しなくてもいいのよ」

お母さんは悲しそうに言った。

「今度の休み、山にでも登ろうか」

お父さんが沈んだ空気を起こすように陽気な声で言った。すでにだいぶお酒が入っていて、お父さんの顔はほんのり紅(あか)い。お父さんは僕が来る日、いつもお酒を飲む。ワインだとかビールだとか日本酒だとか種類は決まっておらず、別に何でもいいらしい。すぐに酔って寝てしまうし、ちっともお酒には強くない様子だったが、息子と酒を飲むということが嬉しいのだろう。お父さんはいつも顔が真っ赤になるまで飲んでいた。

「はあ。山ですか」

僕は二杯目の白ワインを飲みながら言った。ワインと一緒に食べると、リゾットもまだ何とかおいしく思える。お父さんは僕がお酒に強いことが嬉しい様子で、空(から)になりそうになるとすぐにグラスにワインをついでくれた。

「今の季節は登山にちょうどいいからな。まだ寒くもないし、景色もいい」

お父さんは何かを思い出しているように、まぶしそうに目を細めて言った。きっと誠さんは登山が好きだったのだろう。

「いいですね。ぜひ」

「無理しなくていいのよ」

千波ちゃんが言った。

「いや、登ってみたい。俺、今まで山なんて登ったことないから」

僕は千波ちゃんの方を向いて言った。煩わしいことも多いけど、リゾットを食べたり、山に登ったり、誠さんでいると面白いこともちゃんとある。違う人間になるっていうのは、世界が広がっていいのかもしれない。

食後に、お母さんがフルーツグラタンを焼いてくれた。初め名前を聞いた時、また不思議な料理を食べるはめになるのかとびっくりしたが、果物の上にカスタードクリームをかけて焼いた物でシンプルでおいしかった。

「ここに来ると、着々と太っていく気がする」

千波ちゃんの家は、いつも食後になんらかのデザートを出してくれる。ご両親が気遣ってくれて、デザートを食べる時は僕と千波ちゃん二人でリビングで食べる。初めは一緒に食べましょうよと言っていた僕だが、今ではこのデザートの時が落ち着く大事な時間になった。

「甘い物食べてもっと太った方がいいよ。太ったらタケル君のおなかが柔らかくなって、もっと寝心地が良くなるしね」

千波ちゃんはカスタードクリームをたっぷり付けたバナナをほおばりながら言った。フルーツグラタンの中にはバナナとリンゴとオレンジが入っていたが、バナナが一番クリームと合っておいしかった。温かい甘い物がおいしくなるっていうのは、冬が近づいている証拠よ、と千波ちゃんが教えてくれた。十一月に入ったとたん、寒くなって、ストーブが出され、カーテンが分厚くなり、鈴木家のあちこちも冬支度がなされていた。

「千波ちゃんがピアノ弾くの?」

リビングにある深いワインレッドのピアノの上には、何冊かの楽譜とガラスケースに入ったフルートが置かれている。

「うん。実は我が家は音楽一家だったりするのよ。母が歌って、父がギターを弾く。すごいでしょ」

「フルートは?」

「あれは兄のなの」

「すごいね」

千波ちゃんの家族はそういうことがすごく似合っている。うちの家族は親父がへたくそな演歌を熱唱するぐらいで、みんな音楽からはほど遠い。ピアノの上のフルートはかなり使い込んであるけど、質の良いものらしく、重々しく光っていた。

「でも、兄が死んでから、演奏なんてちっともしなくなったわ。母さんも歌わないし、父さんのギターは押入れで眠ったままよ」

「何か弾いてみてよ」

　僕が頼むと、千波ちゃんはまた今度ね、と言った。きっと、お兄さんが亡くなってから、千波ちゃんがピアノを弾くこともなくなったのだろう。バニラの甘い匂いが広がるリビングで、僕は胸が痛むのを感じた。


　高校時代、少しギターにはまっていた時期があったから、楽譜は読める。だけど、フルートは意外に厄介(やっかい)な楽器だった。

　一番安物のフルートはおもちゃみたいに軽かったけど、それでも二万円もした。初心者用の教則本を買って習得に励んだが、まるで音が出ない。息の吹き込み方がややこしくて仕方ない。まともに音が出せるようになるまで、一週間もかかってしまった。

　この分だとクリスマスかなあ。だけど、十一月末にお父さんの誕生日がある。それに間に合わせたかった。

　こないだの日曜日、お父さんと二人で山に登った。僕たちはお互いに共通して話せるたわいもない話をしながら、山を歩いた。変わった木々の名前、時々聞こえる鳥の声。お父さんはそれらを全部知っているようだった。だけど、僕が訊かない限り、何も言わなかった。学生の頃から山に登っている、という話をしたぐらいで、山についても、山を登ることについても、とりたてて語らなかった。でも、木と接する姿や、細かい天候を察知して歩く速度を変えるお父さんの様子で、山を熟知しているのはすぐにわかった。

僕の初めての山登りはとても良いものだった。年齢の離れた人とこれだけ長い時間を共にして、こんなに心地よかったのは初めてだった。

娘の彼氏、息子に似た僕。僕と過ごすことで自分を癒し、そして僕が息子でないことを思い知り、傷つく。お父さんの静かな優しさに、深い悲しみが根付いていることを感じ、僕はいつも途方に暮れそうになる。

お父さんの誕生日は想像どおりのごちそうだった。お父さんの好物の蠣をフライにして、ご飯に混ぜて、鍋にして、たらふく食べた。食後にはみんな揃ってリビングで、千波ちゃんの焼いたチョコレートケーキを食べた。甘い物は別腹だからね。そう言って、千波ちゃんとお母さんは二切れ食べたけど、僕もお父さんもおなかがいっぱいでなかなか食べられなかった。それでも、僕は千波ちゃんに「せっかく私が作ったのに」と脅されて残さず食べた。紅茶やワインを飲んで、ゆっくり時間が流れるのを感じながら、みんなでくつろいだ。取るに足らない話もとぎれとぎれになり、僕はそろそろだと小さく深呼吸をした。

「何か演奏しませんか？」

僕の突然の発言に、千波ちゃんもお父さんもお母さんもきょとんとした顔をした。僕は鞄の中からフルートを出した。ピアノの上のフルートとはまったく違って、僕のは安っぽくキラキラと光っている。

「それどうしたの?」

千波ちゃんが指さした。

「買ったんだ。安物だけど……。えっと、一緒に演奏しましょう」

僕はフルートをしっかり持って立ち上がった。

「演奏ってみんなで?」

お母さんが言った。

「ええ。お父さんとお母さんと千波さんと僕で……。僕は千波さんのお兄さんとは違う。お兄さんと似ていることを光栄にも思うし、悲しくも思う。ただ、僕は千波さんが好きだし、お父さんやお母さんが嬉しそうな顔をされるのを見るのは嬉しい」

僕がこの家でお兄さんのことを口に出すのは初めてだった。もちろん、お父さんやお母さんが、お兄さんのことを口にすることもなかった。誰も誠さんの存在に触れることなく、今まで過ごしてきた。それが突然崩されて、お父さんもお母さんも戸惑っていた。

「演奏って、タケル君吹けるの?」

千波ちゃんが言った。

「吹けるよ。僕がフルートを吹きます」

まだ、みんな座ったままぼんやりと僕を見上げていた。僕は差し出がましいことをしているのだろうか。誠さんに近づこうとして、みんなを不愉快にさせているのだろうか。でも、ここまで来て、もう後には引けなかった。

「あの、何か演奏しましょうって言っても、僕、二、三曲しか吹けないんです。クラプトンなんかどうですか?」

「いいね」

お父さんがようやく言った。

「素敵ね」

お母さんも言った。

「じゃあ」

「ティアーズ・イン・ヘヴン?」

千波ちゃんが言った。そのとおり。僕はその曲しか吹けない。千波ちゃんが時々自然に口ずさむ曲。それを練習した。

「全然手入れしてないからな」と、お父さんが押入れから出したギターのチューニングをする。お母さんが「しばらく歌ってないんだもの。恥ずかしいわ」などと言いながらも発声練習みたいなことを始める。リビングが音で満ちはじめる。それはとても美しい光景だった。

「どの長調で吹けるの？」

千波ちゃんはピアノを適当にならしながら僕に訊いた。

「長調って？」

「音、どの高さかな」

「音符はいっぱいあったけど」

僕が言うと、千波ちゃんは笑って楽譜を開いて僕に見せた。「シャープとか、ほらこういうの付いてた？」

お父さんのギターは音の歪み（ゆが）はあったけど、味があって泣かせた。お母さんの声はきれいで澄んでいてすんなりと心に落ちた。千波ちゃんのピアノは、お父さんのギターにもお母さんの歌にも僕のフルートにも協調していた。僕のフルートはとてもひどいものだったけど、僕たちの演奏はすばらしかった。僕はこんなに美しい音楽を聴いたことがないと思った。

お母さんが「もう一度やりましょう」って言って、千波ちゃんが「今度はもう少しゆっくり吹いてみて」って言って、結局、ティアーズ・イン・ヘヴンは四回演奏された。そして、みんなとても満足そうな顔をしていた。お兄さんのいた頃の家族がよみがえったのだろうか。音楽が途切れた後も、リビングはずっと温かく活気づいていた。

最後にお父さんは玄関口で、ちゃんと僕の顔を見て、僕の名前を呼んだ。

「また来てね。タケル君」

「また送らないといけないからいいよ」って言ったのに、千波ちゃんは僕と一緒に歩きはじめた。寒い歩道に二人の息が白く浮かぶ。

「フルート、うまいね」

千波ちゃんが僕のポケットに手を入れながら言った。

「全然」

「すごい良かった。本当に。驚いた」

「結構練習したんだけど、簡単なのしか吹けない。お兄さんみたいにはいかないよ」

「兄はフルートなんか吹けなかったわ」

千波ちゃんがまっすぐ前を見ながら言った。

「え？」

「お兄ちゃんはフルートなんか吹けないの」

「だって、フルート」

ピアノの上には確かに使い込んだフルートがあった。

「あのフルート、お兄ちゃんが友達にもらったの。で、せっかくもらったんだから始めようとしたんだけど、何回か吹いてみて、あっさりと諦めちゃった。お兄ちゃんはどんくさいから音が出せないのよ。フルートって音を出すの難しいでしょ？　それで向いてないって。簡単に投げ出してしまって、それっきり。だから、お兄ちゃんはまったく吹けないの」

「そうだったの」

僕はここ何日かの努力を思い出して、どっと疲れた。本を読みながら、独学で練習した。近所迷惑にならないようにこっそりと練習した。千波ちゃんの言うとおり、音が出なくて大変だった。唇の形から、腹筋の使い方から、必死で練習して何とか音が出せるようになった。

「素敵だった」

千波ちゃんは言った。

「あんな素敵な曲、父さんも母さんも私も、きっと聴いたことないと思う」

みんなで合奏をして、リビングの空気が動き出したような気がしたのは、家族がよみがえったからじゃなくて、新しくなってしまったからだったのだろうか。僕は大きく息を吐いて目をつむってみた。ティアーズ・イン・ヘヴンはまだ耳の奥にしっかり残っている。とにかく素敵な曲が奏でられた。みんながそう思ってる。それでいいのだ。

「タケル君は兄とは全然違う。フルートだって吹ける」

千波ちゃんが嬉しそうに言った。

「私、タケル君が好き」

「うん」

僕はうなずいた。

タイムラグ

1

まったくもって私は都合のいい女なのだ。いつもなんだかんだと面倒なことを押しつけられる。今まで、私が平太(へいた)の頼みを断れたことは一度としてない。うまい理屈をこねて、押したり引いたり泣きついたり。いろんな手段を以(もっ)てして、平太は諸々(もろもろ)のことを私に押しつけてきた。

だけどだ。いくらなんでも、これはないだろう。

「だからさ、一泊だけなんだ。たった二十四時間だぜ。あっという間だって」

平太はいつもの如く、いたって簡単な口調で言い出した。彼はいつだって事態の深刻さがわかっていない。

「時間の問題じゃないわよ。自分の言ってることわかってる?」

「わかってるよ。だけど、この旅行は大事なんだ。この機会にサツキの機嫌とっとかないとやばいって。サツキ、最近俺のこと疑ってるしさあ」

「サツキさんの機嫌なんて知らないわよ」

「知らないわよって、ばれて困るのはお前も一緒だろう？」

「いいわよ。私は別にばれたって」

「本気かよ。ばれたらこうして会えなくなるんだぜ？　それでもいいの？」

平太は気味悪い甘えた声を出して、抱きついてきた。これは彼の常套手段だ。だけど、私はことごとくやられてしまう。平太に抱きしめられていると、思考が鈍って正しい判断ができない。

「平太って、デリカシーなさすぎよ。普通、奥さんと旅行に行くからって、子どもを私に預ける？　私が平太の子どもを見て、どんな気がすると思ってるのよ？　子どもだってかわいそうだよ」

私は何とか平太の腕を振りほどきながら抗議した。

「まさか傷つく？」

「当たり前でしょう」

「うそ。ごめん」

平太はちっとも深刻じゃない顔をして頭を下げた。

平太は私の恋人だ。付き合ってちょうど二年になる。へらへらしているけど、よく気の利く男だ。だけど、平太には奥さんと八歳になる娘がいる。もう別れられなくなった頃に、平太は結婚していることを私に告げ、もう離れられなくなった頃に、子どもがいることを告げた。

「でもさあ、マジで頼むって。お前しかこんなこと頼める奴いないからさ。俺、お前が思っている以上に、お前のこと信頼してるんだぜ」

「何よ、そのわけのわからないほめ言葉は。そんな台詞ちっとも嬉しくないわよ」

今度の土日、平太は奥さんと二人で旅行に行く。十月十六日は彼らの結婚記念日なのだ。まあ、それはそれで結構な話だけど、参ったのはその間、私に娘を預かってほしいと言ってきたことだ。もちろん、最初は奥さんの実家に預けるつもりでいたらしい。だけど、実家では、祖母がぎっくり腰になってしまい、とても孫の面倒を見られる状態ではなくなってしまった。ところが、周囲には娘を預かってほしいなんて頼める人がいない。で、私に白羽の矢が立ったのだ。

「私が預かったら、怪しいじゃない。逆に奥さんにばれるわよ」

「大丈夫。サツキには、会社の先輩夫婦の家に預けるって言ってあるし。旅行の手配とか、全部サツキがしてさ、俺、佐菜のことだけ頼まれてたんだ。なのに、手を打っていないって知ったら、サツキ絶対怒るし」

「その〝会社の先輩夫婦〟ってだれよ」

「もちろんお前じゃん」

「はあ？　なんなのよ、それ」

「とりあえず頼むって。お前なら安心だし。でさ、俺が旅行から戻ってきたら、ぱーっと二人でデートしようぜ」

　平太は調子のいいことを言うと、また私の肩に手を回してきた。

「わかったから、なつかないで。気持ち悪いなあ」

　私の気持ちはまったく無視されている。どうしてこんないい加減で無神経な男を好きでいるのだろう。平太に何か頼まれるたび、私は自分が嫌になる。

「すげえお土産（みやげ）買ってくるし。こうやってサツキの機嫌を取っておくことは、俺たちが長く付き合っていけることに繋がるんだぜ。だって、俺、深雪（みゆき）のこと愛してるからさ」

　平太はそう言って、勝手にこの件に片を付けると、私をソファに押し倒した。初めから私が断るわけないと踏んでいるのだ。どんな厄介（やっかい）なことでも、適当に抱きしめてキスして甘いことを言えば、引き受けてもらえると思っているのだ。そして、残念ながら、平太の思いどおりに事は運ぶ。

「俺、深雪がいなきゃだめなんだ。こんなことだって、愛してるから頼んでるんだ。すごくすごく信頼してるんだ」

　平太は適当なことを嘯（うそぶ）きながら、私の服を脱がせはじめた。いつものパターンだ。セックスをしているうちに、話の焦点はうやむやになり、いつの間にか私が了承したことになっている。それを知っていながら、私は制止することも反対することもできない。

「しかし、のんきな夫婦ね。子どもを置いて旅行なんて」

「なあ。ひどい親だよなあ」

平太は私の首筋に唇をつけながら言った。もう、話なんて聞いちゃいない。

「どうせなら、私じゃなくてベビーシッターとかに頼めばいいじゃない」

「そんなの危険だよ。アメリカのニュースとか見たことある？　ベビーシッターが親の留守中に子どもいじめるの。怖いぜ」

「不倫相手に子ども預けるなんて、もっと無謀だよ。見ず知らずのベビーシッターの方がよっぽど安全だわ」

「そうなのか？」

「そうなのよ。私、佐菜ちゃんのこと恐ろしい目に遭わせるかもよ。平太、『危険な情事』って映画知ってる？」

「ああ、あれだろ？　どっかの会社の社長と怠け者の社員二人であちこち釣りして回る話だろう」

私は説明するのもうんざりして目を閉じた。

平太は目の前のことしか考えられない。預けられる子どもの気持ち、平太の家族を目の当たりにする私の気持ち、そんなことを考慮する能力は全くない。目の前で起こった出来事を順番に片付けていくことしかできない。今は奥さんと旅行に行くことが目前にある。そして、今の彼にはそれが全てなのだ。

2

土曜日は残念なことに、すっきり晴れて行楽日和になってしまった。

十月は天気のいい日が多いというけど、最近の休日は雨ばかりだった。それなのに今日に限って晴れになるなんて、つくづく平太は運だけには恵まれている。

私は軽く朝食を済ませると、溜まっていた洗濯物を干した。去年のボーナスで買った乾燥機もあるけど、やっぱり太陽の下で干した洗濯物の気持ちよさは格別だ。ベランダに出ると、まだ七時を過ぎたばかりで新鮮な秋の空が見える。空気もさらりとして心地がいい。

今頃、平太は浮かれて旅行の準備でもしているんだろうなあ。私はへらへらと笑う平太のいつもの顔を思い浮かべた。他人に娘を預けて自分たちは旅行を楽しむなんて、まったく夫婦揃って無責任なものだ。

平太と奥さんのサツキさんは学生時代から付き合っていて、大学を卒業してすぐに結婚したという話だ。結婚するには二人とも早すぎたんだ。だから遊び足らずに、子ども言わせた。

がいるのにも拘らず、今頃になって二人で旅行に行ったりするんだ。まったく近頃の親ときたら。私はむかむかした気持ちを振り払うように、思いっきり洗濯物をばたばた言わせた。

それにしても、結局押し切られて佐菜ちゃんを預かることになったけど、大丈夫だろうか。そもそも私は子どもが得意じゃない。友達の子どもを見ても、それほどかわいいとは思えない。それに、来るのは平太の娘なのだ。さらに気が重い。ちゃんと一日を平穏に過ごせるのだろうか。そんなことを考えながら洗濯を終え、ベランダから戻ってくると、チャイムが鳴った。

「はい」と返事をしても声がしない。こんな時間に来るのは、どうせ回覧板か宅配便だろうと、ドアを開けると、女の子が立っていた。リュックサックを背負ったおかっぱ頭の小さな女の子が、何も言わずじっと立っている。

「もしかして、佐菜ちゃん？」

私が言うと、女の子は小さくうなずいた。

「あれ、一人で来たの？」

辺りを見回してみたけれど、平太の姿はどこにもない。

「マンションの前まで、お父さんと車で来たんだけど……」

女の子は小さな声で、きょろきょろしている私に告げた。

「そうなんだ」

当然平太が深々と頭を下げながら連れてくるものだと思っていた私は、あまりの無責任さにあきれてしまった。私に会って不機嫌そうな顔をされるのが、面倒だったに違いない。

「まあ、とりあえず、入って」

私が言うと、佐菜ちゃんは小さな声で「おじゃまします」と言ってから、部屋に入ってきた。脱いだ靴もきちんと揃えている。きちんとしつけだけは行き届いているようだ。

娘は父親に似るというけど、佐菜ちゃんは平太とは違って、きりっとした眉にとがった鼻で意志の強そうな顔をしていた。きっとお母さんに似ているのだろう。

「これ、お父さんが」

佐菜ちゃんは手に握っていた封筒を、私の方へ押しやった。

「ああ、どうも」

そっと封筒を開けてみると、中には一万円札が五枚入っていた。預かり賃ってことだろう。子どもを一日預かるのに、五万円が安いのか高いのかはわからない。でも、こんなもので済ませるつもりは私にはない。今回のことが五万程度で済むわけがない。私は封筒をポケットの中にしまうと、突っ立ったままの佐菜ちゃんにソファに座るように勧めた。

佐菜ちゃんは小さなリュックを背中から下ろして、ちょこんとソファに座った。それだけ動くと、彼女はまた座ったまんまになった。じっと前を見て、唇を固く結んでいる。

「お父さんたちはもう行ったのかな？」

こくりと佐菜ちゃんはうなずく。

「まだ八時なのにね。ずいぶん早く行ったんだね」

佐菜ちゃんはさっきと同じように首を振る。

「えっと、何か飲んだり食べたりする？」

佐菜ちゃんは今度は首を横に振る。

「テレビでもつけようか？」

「別にいい」

これは思ったより、手間がかかりそうだ。私はため息を軽くついた。

「退屈じゃない？」

「別に」

「何かしたいことないの？」

「別に」

佐菜ちゃんはじっと動かないままで答える。

子どもって、もっとにぎやかで元気なものだと思っていたけど、こんなに寡黙（かもく）なのだろうか。初めて来る家に緊張しているのか、それとも、すでに私が父親の不倫相手だと勘づいていて、こんな態度をとっているのだろうか。

「今日のことはどんなふうに聞かされてるの？」

私の質問に、佐菜ちゃんが首を傾げた。

「ほら、私の家に来る時、お父さん何て言ってた？」

「会社の友達のお姉さんに預かってもらうって」

「なるほど、そっか。そうだね」

佐菜ちゃんはそれをどれくらい信用しているのだろうか。見ず知らずの私の家に連れてこられて、どんな気持ちなのだろうか。人見知りするのも無理はない。だけど、そんなふうにされると、私まで自分の家なのに居心地が悪くなってしまう。

「自由にしてくれたらいいよ」

彼女が何も話す気がないようなので、私は諦めて、アイロン掛けを始めた。

私は平日には家事を一切しない。仕事で疲れているのに、それ以上働きたくないからだ。平日に時間の余裕があったとしても、買い物をしたり飲み会に行ったりと、好きなことをして過ごす。おいしいものを食べて、ゆっくりお風呂に入って、しっかり睡眠を取る。その分、土日に家事をまとめてする。日持ちする惣菜を作っておいたり、掃除や洗濯をしたり。洋服も一週間分まとめて整理するので、アイロン掛けも溜まっている。

先週はアイロン掛けをするのに、暑くてうんざりしたけど、今日は苦にならない。外から入ってくる風が、きちんと冷たく秋の風になっている。

ハンカチやシャツに丁寧にアイロンを掛けていると、沈黙に耐えかねたのか、佐菜ちゃんがぼそりと言った。

「なかなかいい部屋に住んでるね」

「え?」

「この部屋。素敵だと思う」

私の部屋は1DKだが、天井が高く、日当たりがいいので実際より広く見える。それに、部屋を飾ることは私の趣味だ。食器や雑貨もおしゃれな物を揃えているし、テーブルやソファもちょっと凝(こ)っている。カーテンや絨毯(じゅうたん)も専門店でそこそこ値の張る物を買った。一人暮らしだし、性能はそんなに優れてなくてもいい。だから、電化製品も見た目にかわいい物ばかりだ。毎日眺める物だし、毎日自分のそばにある物はおしゃれじゃないといけない。きっと平太の家は生活感にあふれていて、こんなふうじゃないんだろうなあ。私はちょっと優越感を覚えた。

「どうもありがとう」

「おばさんって、お仕事は何する人?」

「おばさんって?」

私は佐菜ちゃんの言葉をすぐさま聞き返した。

「おばさんのこと」

佐菜ちゃんは私の方を手で示した。

「ちょっと待ってよ。私はおばさんじゃないわよ」

自慢じゃないが、私はおばさんだなんて生まれてこの方一度も言われたことがない。もちろん、自分でもおばさんだなんて少しも思ってはいない。

「そうなの?」

佐菜ちゃんが不思議そうに私の顔を見た。

「そうなのって、見てわかんないの? そんな年寄りに見える?」

「じゃあ、いくつ?」

「は?」

「おばさんいくつなの?」

「二十七歳だけど」

「二十七歳はおばさんじゃないの?」

佐菜ちゃんは腑に落ちない顔をしている。八歳の佐菜ちゃんにしたら、二十七歳は思いっきりおばさんなのかもしれない。だけど、私はおばさんではない。

「違うわよ。っていうか、おばさんかどうかに、歳はあんまり関係ないの。よく見てよ。

私って、髪の毛だって先の方までさらさらだし、化粧も丁寧にしてあるでしょう？　しかも、誰にも会わない土曜日なのによ。この服だって、さりげないように見えて、実はブランド物なの。これだけ身なりに気をつけているってことは、つまりおばさんじゃない証拠なの」

「ふうん」

佐菜ちゃんはいまいち納得できないようで、いい加減に相づちを打った。だけどそうなのだ。私の妹は、私より四つも若いが、美容院には半年に一回しか行かないし、普段から化粧をしない。洋服も量販店の物ばかりだし、女性誌などまず読まない。こだわりなどほとんどなく、いつも安い物を探して買う。合理性や実用性に一番重きをおく。歳に関係なく、そういう構わない人こそおばさんなのだ。

「とにかく佐菜ちゃんのお母さんより若いでしょう？」

「うん。たぶん」

「だから、おばさんじゃないの」

「ふうん」

「とにかく、正しくないことを口にするのはだめよ。私、深雪っていうんだ。石川深雪。その辺を参考にして適当に呼んでくれたらいい」

「わかった」

佐菜ちゃんは素直にうなずくと、またじっと前を見て口を結んだ。私の仕事に関する質問にもう興味を失ったようで、どこを見るでもなく何をするでもなく、ただじっと座っている。

私はとりあえず、家事を続けた。アイロン掛けを終え、本当は掃除機を掛けたかったが、埃を立てるのは悪いだろうと思い、ふき掃除にした。お風呂とトイレも、隅々まできれいに掃除を終えると、手を洗ってハンドクリームを付けた。それでおしまい。丁寧にしても、家事は一時間少しで終わってしまう。佐菜ちゃんはその間中、ただ座っていた。こんなに長い間じっとしていられるなんて、ちょっとした特技だ。平太の落ち着きのなさは、まるで遺伝していない。

「ねえ、何かしなよ」

たまりかねた私は、佐菜ちゃんに声をかけた。固まったままでいられると気味が悪い。だけど、佐菜ちゃんは首を傾げるだけで、何もしようとはしない。何かしなよ、と言ったものの、私の家には子どもが遊べる物は何もない。

「困ったなあ。こんなことなら、お子様向けのビデオでもレンタルしておけばよかったなあ。あ、そうだ。そのリュックの中って、何が入ってるの？」

私の言葉に佐菜ちゃんは黙ってリュックを開いて、中を見せてくれた。中には歯ブラシと着替えと本が入っている。私は少しほっとした。本があればまだいい。

「せっかく持ってきてるんだから、この本読めば？」

私はリュックから本を抜き出した。えらく厚い本だ。まだ買ったばかりらしく、ブックカバーがきれいなままだ。小学生でも読めるものなのだろうか。

「これって、お父さんに買ってもらったの？」

私が聞くと、佐菜ちゃんは首を振って、「お母さんに」と答えた。

「難しそうな本だね」

私は本のページを開いてみた。『ハリー・ポッターと炎のゴブレット』だ。

「へえ、佐菜ちゃんって、ハリー・ポッターが好きなんだ」

佐菜ちゃんは首を傾げた。

「違うの？　これって、シリーズ物でしょう？　他のも読んでるんでしょう？」

佐菜ちゃんは首を横に振る。

『ハリー・ポッターと炎のゴブレット』は、シリーズの四作目だ。私はどれも読んだことがないけど、話題になっているからそれぐらいは知っている。佐菜ちゃんは他の三作を読まずに、これから読みはじめるのだろうか。突然四作目から渡されるなんて、ひどい話だ。きっと母親は中身を見もしないで、とりあえず流行の本だからと、買ってやったのだろう。厚いから長く時間をつぶせると思ったのかもしれない。無責任な親のやりそうなことだ。もう少し考えろよな。私は他人事ながら少し頭にきた。

それでも、佐菜ちゃんは私から本を受け取ると、すぐさま読みはじめた。読書をしているというより、学校の宿題をこなしているように、丁寧に目で文字を追いながら読んでいる。子どもの本の読み方ってこんなふうなのだろうか。私は、しばらくハリー・ポッターを読む佐菜ちゃんを眺めてから、台所に向かった。

三日前、実家からさつまいもが送られてきた。母親は私が一人暮らしなのに、半端じゃない量の食べ物を送ってくる。かぼちゃやきゅうりやなすび。自分の家の畑で作っているものを、収穫するなり嬉しそうに送ってくれる。ありがたいけど、とても一人で食べきれる量ではなく、私はいつも途方に暮れてしまう。

とりあえず、さつまいもをまとめて蒸かしておくことにした。蒸かしておけば、いつでも簡単に食べられる。

私は引っ越す時に実家から持ってきた圧力鍋を取りだして、水を張り、さつまいもを入れた。圧力鍋のふたをしっかりと締める。電子レンジでも簡単に蒸かせるけど、さつまいもは絶対圧力鍋に入れた方がほくほくしておいしい。

火にかけると、圧力鍋がシューシュー音を立てはじめた。蒸気が回りはじめると、音の勢いがどんどん増す。その音を不思議に思ったのか、佐菜ちゃんが台所にやってきた。佐菜ちゃんは目を丸くして、けたたましく蒸気を立てる鍋を見ている。私も小さい頃、母親が圧力鍋を使うのをよく見ていた。圧力鍋は近くにいると耳をふさぎたくなるくらい、大きい音を立てる。蒸気口が狂ったようにくるくると激しく動き出す。こんな面白い調理器具、他にはない。

「さつまいも、蒸かしてるんだ」

私は訊かれもしないのに、佐菜ちゃんに説明した。

「さつまいも？」

「そうだよ」

「中で暴れてるの？」

佐菜ちゃんが眉をしかめながら言った。

「え？」

「さつまいもがお鍋の中で暴れてるの？」

「そっか、なるほどね。そうそう、熱いからね。鍋に入れる直前までさつまいもはぴんぴんしてたからなあ」

「かわいそう……」

佐菜ちゃんがしんみりと鍋を見つめるのを見て、私は笑ってしまった。

「うそうそ。さつまいもはきっと大丈夫。鍋が騒がしいのは、中から蒸気が出てるだけだよ。えっと、そう、機関車トーマスと同じ仕組み」

「ふうん」

佐菜ちゃんはまだ神妙な顔をして鍋を見つめている。

「もうすぐ蒸しあがるから、食べようか。すごく甘くておいしいよ」

佐菜ちゃんはこくりとうなずいた。

そのまま二人で、蒸し上がるまでじっと鍋を見ていた。

あつあつのままさつまいもを取り出すと、佐菜ちゃんとソファに座って食べた。さつまいもを割ると、黄色いねっとりした断面が現れた。小ぶりだけど、できのいい芋だ。バターをのせても塩をかけてもいいけど、このままで十分甘くておいしい。

「上手」

口でふうふう冷ましながら、やっとひと口さつまいもをほおばった佐菜ちゃんが言った。

「上手？」

「すごくおいしい。お料理が上手」

佐菜ちゃんは本気で感心しながら、またさつまいもを口に入れた。

「上手も何もそのままだよ。何も調理してないもん。さつまいもを洗って、鍋に突っ込んだだけ」

「へえ。すごいね」

佐菜ちゃんは私の説明に、なおさら感心したようだった。

「そうだ。お父さん、さつまいも嫌いなんだけど、深雪さんが作ったのだったら食べられるかも」

「そうかな」

「うん。そうだよ。これ、すごくおいしいから」

佐菜ちゃんは自信たっぷりに言ったけど、残念ながら、それはすでに実験済みだった。平太はさつまいもとかかぼちゃとか甘い野菜が嫌いだ。平太に限らず、私が今まで付き合った男の人はみんなそうだった。野菜なのに甘いなんて、お菓子みたいで気持ち悪いと言う。甘く蒸かせば蒸かすほど、余計に平太の口には合わなかった。

「なんだか、深雪さんって、イザベラに似てるね」

二つ目のさつまいもを食べ終えた佐菜ちゃんが言った。

「イザベラ?」

「天使の名前だよ。でも、見た目は悪魔なんだ。すごく怖い顔してて。最後は味方になって一緒に戦うんだけど、最初は意地悪ばかりしてくるんだ」

「ふうん。見た目は悪魔なのね」

私は嫌味で言ったのに、佐菜ちゃんは無邪気にそうだよと答えた。

「でも、ピンチの時には、イザベラがおいしい食べ物をいっぱい出してくれるんだ」

「ふうん」

「でね、敵はイザベラの作ったものを食べたとたんに優しくなってしまうの。それで、ちっとも戦えなくなっちゃうんだ」

「なんか汚い手だね」

「どうして？　すごくいいじゃない。相手を優しくして勝つんだもん。イザベラが戦うと、みんなが幸せになるんだよ」

「そんな戦いなんて成り立つのかなあ。まあいいや。残りのさつまいもは明日、潰してスイートポテトにしよう」

私はテーブルの上にちらばった皮を片付けながら言った。

「明日？」

「うん。だって、泊まっていくんでしょう？」

私がそう言うと、佐菜ちゃんはちょっと微笑んでうなずいた。

さつまいもを平らげると、また私たちはすることがなくなってしまった。私は家事を終えてしまったし、佐菜ちゃんももう本を読み飽きたらしい。

「さっきの本、もう読まないの？」

ハリー・ポッターはまたリュックの中にしまわれている。あんな厚い本、まさかもう全部読んだわけじゃないだろう。

「ややこしくてあんまりわかんないから。いっぱいカタカナの名前出てくるし」

「そっか。そうだね。うん、本を読むのはやめにしよう」

やっぱり、あてがわれた本を読むのはちっとも楽しくないのだ。

私が高校時代に付き合っていた男の子は、恐ろしく本を読む子だった。休み時間も、文庫本を読んで教室で過ごしていた。当時、幼かった私は、そんなクールな彼が大好きだった。教室のごたごたや、他の男子の騒動には関わらない。さらりとした顔をして、いつも平然と本を読んで過ごしていた。読書家だけあって、彼の話は豊富で、奥深かった。私の知らないことをいっぱい知っていた。最初、私もそんな彼の話に夢中だった。だけど、話せば話すほど、だんだんつまらなくなってきた。実体験のない話は中身がない。彼の話はただの知識の披露に過ぎなかった。高校生活の中には本の中以上にすごいことがある。本の世界みたいに壮大ではないし、おしゃれではないけど、本の中より深刻で愉快なことがある。きっと彼は、そういうものに向き合う能力がなかったのかもしれない。それに気付きはじめた時、私は彼に対して興味を持てなくなってしまっていた。

「本をやめて、そうだなあ。トランプとかする?」

「いい」

「オセロぐらいならあるけど」

「いい」

本はやめようと言ったものの、かといって、することもなかった。平太は気楽にたった二十四時間だと言っていたけど、することもなく、子どもと一日を過ごすのは大変だ。

「いっそのこと、遊園地とか行く?」

「別にいい」

「じゃあ、映画とかどう? 今だったら何かディズニーの映画やってるんじゃない?」

「別にいいよ」

「難しいんだね。そうだ、お父さんたちってどこ行ったの?」

「ハウステンボス」

佐菜ちゃんははっきりと答えた。

「え?」

「九州にあるんだよ。ハウステンボス。知らないの?」

知らないわけない。ハウステンボスは大いに知っている。夏休みに、平太と行きたいねと話していてホテルまで取ったのに、結局中止になった場所だ。ハウステンボスのガイドブックだって、まだある。

私に子どもを押しつけておいて、自分はハウステンボスか。私はかちんときた。

「ねえ」

「何?」

佐菜ちゃんが顔を上げて首を傾げる。眉の上でまっすぐに切られた前髪が揺れる。

「豪遊しよう」

「豪遊?」

「うん。思いっきり、贅沢(ぜいたく)して遊ぶの。お父さんとお母さんだけいい思いするのって、だめでしょう?」

「お父さんからもらったお金で?」

佐菜ちゃんはちゃんと封筒の中身を知っていたようだ。

「そんなはした金は遣わないよ。じゃーん」

私は机の引き出しから、一枚のカードを取り出した。

「何それ?」

「これ? お父さんのキャッシュカード」

「キャッシュカード?」

「うん。これがあるとね、お父さんの銀行の貯金から、どんどんお金を引き出せるんだ」

「どうしてお父さんのカードがここにあるの?」

「ちょっと借りてるんだ」

この間、平太が来た時にこっそり財布から抜いておいたのだ。のんきな平太のことだから、一週間くらいは気が付かないだろう。

「それって泥棒?」

佐菜ちゃんが声を低くした。

「まさか。違う違う。これはちゃんとした報酬だよ。二人での留守番に対する謝礼なの。当然もらえるべきお金なんだって」

「でも、ばれたら捕まるんでしょう?」

「ばれないし捕まらないよ。後でちゃんと返すから」

もちろん、私は悪人じゃない。何も平太の貯金を自分のために遣うのではない。平太の娘と過ごすために遣うのだ。必要経費だ。何も悪くないはずだ。

「さあ、お出かけしよう。こんな所で、じめじめと芋ばっかり食ってる場合じゃないわ」

私はそう言うと、さっさと身支度を始めた。豪遊するからには、やっぱりおしゃれしないといけない。

「おもしろいね」

佐菜ちゃんは鏡越しに、化粧をしなおす私の様子を眺めていた。

「そう?」

「それ、おもしろい」

マスカラを付けて、まつげが長くなる私の目を佐菜ちゃんは興味深げに見ていた。

「お母さんもする？」

「お母さんはあんまりしないかな。口紅は塗るけど……。すごくたまに」

「そっか」

家庭に入ってしまうと、そうなってしまうものかもしれない。

「髪の毛きれい」

最後に髪の毛をアップにしてまとめると、佐菜ちゃんは目をきらきらさせた。女の子は髪の毛をアレンジするのが好きなのだ。

「そうだ。佐菜ちゃんも髪の毛くくってあげる」

「いいよ」

佐菜ちゃんは照れくさそうに首を振った。

「大丈夫だって。かわいくしないと、豪遊できないよ」

私は佐菜ちゃんの手をとると、鏡台(きょうだい)の前に座らせた。私は昔から手先は器用だ。特に髪をいじったり、化粧することには自信がある。

佐菜ちゃんの髪の毛を梳(と)かす。癖がなくまっすぐに肩まで伸びた髪は、目の色と同じ、深い黒だ。

「佐菜ちゃんはお母さんに似てるんだね」

「そう？」

「たぶんね」

平太は髪の毛も目の色も茶色っぽい。それにこんなにしっかりとした顔をしていない。いつでもふにゃっとした気の抜けた顔をしている。佐菜ちゃんの目は切れ長で小さいけど、瞳の色が濃いせいで、存在感がある。

「時々こうして髪型を変えると、雰囲気が変わって小学校でもモテモテになるよ」

私はそう言って冷やかしたけど、佐菜ちゃんは髪型が変わっていく自分の顔に見入っていて、生返事が返ってきただけだった。

佐菜ちゃんの髪を高い位置でまとめると、銀色の髪飾りをつけてやった。

「はい。できあがり」

「すごいねえ。なんだか変身しちゃったみたい」

佐菜ちゃんは鏡の中を覗きこんだ。

「ただ髪の毛くくっただけなんだけどね」

「深雪さんはさつまいもでも佐菜でも、何でも簡単に変えられるんだねえ」

佐菜ちゃんは満足そうに微笑んだ。

3

「暗証番号って、三回間違えるとだめなのよね……。お父さんって単純だから、自分の誕生日にしているはずだと思うんだけどな」

「お父さんの誕生日わかるの？」

「ああ、うん。同じ会社の人の誕生日は、みんな知ってるよ」

「すごいね」

私は銀行のＡＴＭを前にどきどきした。財布からカードを引き抜いたものの、さすがに暗証番号までは聞き出していなかった。

カードを入れて、番号を押す。１０２８。平太の誕生日ではなかった。ピーピーと音を立てて、カードが戻ってくる。佐菜ちゃんも不安そうに見つめている。

「うそ、違うんだ。……そうだ。佐菜ちゃんの誕生日っていつ？」

「三月二十二日」

「よし。それはいけるね」

もう一度、カードを入れて番号を押す。０３２２。外れだ。

「どうしてよ。普通、愛する子どもの番号にするでしょう⁉　ったく使えないなあ」

私は機械に向かって文句を言った。

「深雪さんの誕生日はいつ？」

佐菜ちゃんが言った。

「え？」

「深雪さんの誕生日入れてみれば？」

佐菜ちゃんが無邪気に言うのに、どきっとした。

「違うよ」

「どうして？」

「違うものは違うんだもん……仕方ない。お母さんの誕生日教えてよ」

「えっとね、お母さんの誕生日はクリスマスだよ」

「へえ。すごいね。よし。それに賭けるか」

1224。私は力をこめて、番号を押した。残念ながら、機械は無事に反応した。なんとなく裏切られた気がしたけど、とりあえず成功だ。

「やったあ」

佐菜ちゃんもぱちぱちと手を鳴らした。

「とりあえずは、二人分で二十万……、それにサービス料をつけて、三十万ってところかな」

私が三十万円を引き出すと、一万円札の束に佐菜ちゃんが「すごい」と声を上げた。私も一気にこれだけのお金を引き出すことはめったにない。

「深雪さん、億万長者みたいだね」

「三十万だけどね。でも、確かにすごいね。一ヶ月分の給料を上回っているもんね」

私はお金を備え付けの封筒に入れて、バッグの中にしまった。そして、カードを機械から引き抜くと、笑いがこみ上げてきた。

「ねえ、佐菜ちゃん、今気付いたんだけど、二十四日って、クリスマスイブじゃん」

「え？」

「十二月二十四日はクリスマスじゃなくて、クリスマスイブ。本当のクリスマスは二十五日なんだよ」

「そうなの？」

「そうなの。ま、いいけどさ」

私は佐菜ちゃんとイメージが同じだったことが、ちょっとおかしかった。

「よし、どこ行く？　どこでも行けるよ」

せまっ苦しい銀行のキャッシュコーナーから出ると、私は景気よく佐菜ちゃんに聞いた。もう正午を過ぎた空は太陽が真上できらきらしている。どこへ行っても、気持ちよく過ごせそうだ。

「普段行けないところに行きたい」

「そうだねえ。お金はたんまりあるしね」

「うん。お父さんもお母さんもいないし」

佐菜ちゃんは少し弾んだ声を出した。

「親はいなくて金はある。こりゃ自由の極(きわ)みだねえ」

「そうだ！　学校に行こう！」

「学校？」

「そう。学校。本によく出てくるんだ。みんなで、夜、こっそり学校に忍び込むの。それでね、プールで遊んだり、肝(きも)試ししたりするの。佐菜が行ってる学校じゃつまらないから、他の地域の学校に行って探検するってどうかな？」

「なるほどね。誰もいない音楽室からピアノの音が聞こえて、理科室の人体模型が動くってやつだね」

子どもの読む本の中身は、昔とそんなに変わっていないようだ。私も何度か学校に忍び込むことに憧れた。

「うん。それそれ。二人でこっそり忍び込もうよ」

「甘いなあ。お子さまよ。これだから本しか読まないとだめなんだよね。ちゃんとニュースを見なくちゃ。今どきの学校は安全対策が万全なの。きっとセコムしてるから、忍び込んだら即逮捕だね」

「つまらないね」

「うん。つまらないのよ」

「じゃあ、動物園は？　夜にこっそり忍び込んで寝ている動物の顔を見るの」

本の影響なのか、どうやら佐菜ちゃんは忍び込むのが好きらしい。

「それも無理だね。動物園だって、どこでもセコムの嵐よ」

「セコムって強いんだね」

「そうよ。セコムの天下よ。って、お金があるんだから、別に忍び込まなくていいじゃん。映画見て、デパートで好きなもの買って、ホテルでフランス料理のディナーってところでいいんじゃない？」

「そうだ！　行きたいところ、思い出した」

佐菜ちゃんは私の提案を無視して、ぱちんと手を打った。

「それって、セコムのないところ？」

どうせ次は、遊園地か図書館に忍び込むのだろう。私は早くデパートに行って買い物でもしたいなと思いながら、そう言った。

「うん。たぶんそんなことしてないと思う」

「どこ？」

「おじいちゃんち」

佐菜ちゃんが言った。

「おじいちゃんち？　そんなところいつでも行けるじゃない」

予想以上の面白くない場所に、私は顔をしかめた。

「だって、一回も行ったことないんだもん」

「そうなの？」

「うん。お母さんのおじいちゃんとおばあちゃんにはしょっちゅう会うけど、お父さんのおじいちゃんには会ったことないんだ」

「へえ。どうしてだろうね」

平太は生まれも育ちもこの町だから、そんなに実家は遠くないはずだ。

「お父さんのおじいちゃんは、お父さんたちの結婚に反対だったんだって」

「へえ……」

それは少し意外な気がした。平太は由緒正しきうるさい家庭で育ったわけじゃない。母親を早くに亡くしているけど、実家のすぐそばに平太の兄夫婦が住んでいて、父親の面倒は見ているはずだ。結婚の障害になることなど、ありそうもない。

「ね、行こうよ」

佐菜ちゃんは行き先が決まったとたん、早くおじいちゃん家に行きたくなったようで、私の手を引っ張った。

「ちょっと待ってよ」

何が楽しくて、不倫相手の子どもを祖父に会わせないといけないのだ。いくらなんでも、もう少し他の行き先があるだろう。だけど、佐菜ちゃんはおじいちゃんの家に行けるのがよっぽど嬉しいのか、目を輝かせている。だめだとはとても言えない。私はひとつため息をついた。

「わかったわかった。まあ、行くのはいいけどさ……。その前にデパート。せっかく、おじいちゃんに会うんだもん。すごい洋服買って着替えないと。それに、すごいお土産も買おう。ね」

「うん」

私たちはデパートに行き、簡単に昼食を済ませると、買い物に向かった。これぐらいの報酬がないと、おじいちゃん家になんてとても行けない。

「さあ、好きな洋服を買ってよ」

子供服売り場に行って、佐菜ちゃんに声をかけると、佐菜ちゃんは早速きょろきょろしはじめた。

「かわいい」

ピンク色のワンピースを手にとって、声を上げる。やっぱり女の子なんだ。

「好きなのどんどん買おうよ」

私は目移りしている佐菜ちゃんに言った。もちろん、自分の洋服もたくさん買うつもりだ。

「決まった?」

「うーん……」

佐菜ちゃんは欲しい物がいくつかあるみたいで、決めかねている。

「全部買えばいいんだって」

三十万あれば、なんとかなるだろう。私が太っ腹に言うと、佐菜ちゃんが首を振った。

「やっぱりいい。いらない」

「どうして?」

「だって。なんかお父さんかわいそうなんだもん」

「かわいそう?」

「だって、一生懸命働いたのに勝手にお金遣ったら、やっぱりかわいそう」

「いいじゃん。私たちを置いて旅行に行ってるのよ。これぐらいお父さんだって許してくれるって」

「でも……」

佐菜ちゃんがうつむいた。

「でも何よ。お父さんたちの旅行に比べたら、これぐらいたいしたことないって。せっかくここまで来たんだもん。いいじゃない。買っちゃおうよ」

私は早く自分の物を買いたくて、佐菜ちゃんをせかした。

「やっぱりいい」

「もう。どうしてよ。お父さん、こんなこと気にするような人じゃないでしょう？　きっと笑って許してくれるって」

「それはそうだけど……お父さんいつもにこにこしてるけど、でも、本当は毎日遅くまで働いてて、きっとすごく疲れてて、すごく大変で……」

佐菜ちゃんがうつむいたままで言った。

そうだ。そのとおりだ。平太はそういうやつだ。へらへらしていて、頼りない。だけど、人知れず苦労するやつだ。後輩の仕事の失敗だって、文句を言わずにかぶる。面倒な雑用も愚痴ひとつ言わずこなす。ややこしい理屈をこねずに、ご機嫌な軽口をたたきながら、誰よりも働いている。私はそんな姿に惹かれたんだ。

「わかったよ。じゃあさ、お父さんからもらった封筒に入ってたお金で買い物しよう。だったらいいよね」

私がそう言うと、佐菜ちゃんは安心したようにうなずいた。

佐菜ちゃんは小さなポシェットをひとつ買い、私は前からほしかった化粧品のセットを買った。結局、豪遊しようとはらはらしながら三十万円を引き出したのに、私たちは一万円にも満たない買い物をほそぼそとしただけだった。

上品な和菓子をお土産に買うと、私たちはおじいちゃんの家に向かうべく、タクシーに乗り込んだ。

4

「佐菜ちゃん、おじいちゃんの家の場所ってわかる?」

私はタクシーの運転手さんに行き先を尋ねられてから、はっと気が付いた。おじいちゃんの家としか頭になく、どこにおじいちゃんが住んでいるのかなんて考えてもいなかったのだ。

「うん。大森公園のすぐ近く」

佐菜ちゃんは予想外にはっきりと答えた。

「会ったことないのに知ってるんだ?」

とりあえず、私は運転手さんに大森公園に向かってもらうように頼んだ。

「おじいちゃんの家の前までは、何回もお母さんと行ったことがあるんだ」

「その時は会わなかったの?」

佐菜ちゃんは小さくうなずいた。平太とは違って、おじいちゃんはよっぽど気難しい人なのだろうか。私はここにきて少し不安になってきた。

「佐菜ちゃんのおじいちゃん、私が突然行ったりして驚かないかなあ。佐菜ちゃんは孫だからいいにしても、私って関係ないじゃない？　どう説明しようか？」

「お母さんってことにしたらいいよ」

佐菜ちゃんはこともなげに言った。

「え？」

「深雪さんが、佐菜のお母さんってことにするの」

「まさか。ばれるよ」

「大丈夫だって。おじいちゃんとお母さんって、一度も会ったことないんだもん」

そうは簡単にいかない。会ってなくても、自分の息子の嫁がどんな人物かは、きっと知っているはずだ。

「そんなのわかっちゃうって。それにだいたい私って、佐菜ちゃんのお母さんにしたら若すぎるじゃん」

「そんなことないって。でね……、深雪さんがお母さんの振りして……」

佐菜ちゃんが声のトーンを落とした。やばい話が始まるのだろうか。

「振りして？」

私も顔を佐菜ちゃんに近づける。

「お母さんの振りして、おじいちゃんに結婚許してもらうんだ」

「はあ？　振りして許してもらうって？　そんなばかかな。それならちゃんと佐菜ちゃんのお母さんが来た方が手っ取り早いよ」

「お母さんじゃだめだもん。たぶん……」

「どうして？　どうしてお母さんじゃだめなの？」

サッキさんはいったいどんな人なのだろうか。私は名前しか知らない。元ヤンキーで未だにひどい出で立ちをしているのだろうか。それとも、とんでもなく太ってるとか、とんでもなくやせているのだろうか。でも、いずれにしたってちゃんと説得すれば、結婚ぐらい許してもらえそうな気がする。

「お母さんね、耳が聞こえないんだ。だからじゃないかな」

佐菜ちゃんはぼそりと言った。

「え？」

「お母さんね、小さいとき高い熱が何日も続いて、それで、耳が聞こえなくなったんだって」

「ああ……、そうだったんだ」

私はどう反応していいかわからず、ただうなずいた。

「だからね、深雪さんが佐菜のお母さんの振りして、耳がね、治ったことにするの。そしたら、おじいちゃんも結婚を許してくれると思うんだ」

「そんな……。無理だよ」

そう、無理だ。佐菜ちゃんのお母さんの耳は簡単には治らないはずだ。それに、そんな嘘、おじいさんに通じるわけがない。しかも、耳が治った振りをするなんて、やっぱりサツキさんに失礼な気がした。

「だって、ずっとこんなままだったら、お母さんかわいそうだもん。ね、お願い」

佐菜ちゃんは悲しそうな目を私に向けた。

「かわいそうかもしれないけどさ……」

「お母さん、おじいちゃんに認めてもらいたいってずっと思ってるんだよ。佐菜が生まれる前から、ずっと。それなのに、どうしようもないんだもん」

「そう言われても……」

それは平太とサツキさんで解決する問題だ。私は関係ないし、部外者ではどうしようもない。

「深雪さんにしか頼めないよ」

佐菜ちゃんが私の手をとった。私の胸は締めつけられてしまう。まったく、親子揃ってものを頼むのがうまい。私はどうしたらいいかわからず、窓の外を見つめたままで小さく「わかったから」とつぶやいた。

大森公園でタクシーを降りた私は、佐菜ちゃんに連れられて、小さいけれど重厚な一軒家の前に来た。

「参ったなあ」

そうつぶやく私をよそに、佐菜ちゃんはさっさとチャイムを押した。周りを気にせず、自分のペースでちゃっちゃと物事を進める。顔は似ていないけど、この性格は思いっきり平太譲りだ。

チャイムを鳴らしてしばらくしてから、おじいさんらしき人物が出てきた。休日のせいか、ラフなポロシャツと綿のパンツを穿(は)いている。佐菜ちゃんのおじいちゃんというから、八十歳前後のお年寄りを想像していたけど、佐菜ちゃんのおじいちゃんのわけだから、まだ若く、六十歳そこそこの人だった。早くに奥様を亡くしているせいか、頑固そうな硬い顔をしている。

「えっと、こんにちは」

私が頭を下げると、おじいさんは不審そうな顔をした。しかし、さすがに孫のことはなんとなくわかるのか、驚きはしなかった。

「こんにちはおじいちゃん。佐菜だよ。あのね、おじいちゃんの孫だよ」

佐菜ちゃんが、うちに来た時とは大違いににこやかに言い、おじいさんは私たちを家に招き入れてくれた。

家の中は薄暗く、しんとしていた。窓が少なく、光があまり入ってこない。おじいさん一人で暮らしているせいか、全体的に物の少ない家で、がらんとして見えた。通された和室も、木彫りのどっしりした大きな座卓があるだけで、とても殺風景だった。

おじいさんは唐突な孫の来訪にさほど戸惑いもせず、さっさと座布団を出して私たちに座るよう促してくれた。

「これ、お土産」

佐菜ちゃんが和菓子の紙袋を差し出した。おじいさんは「どうも」と低い声で言い、頭を下げた。歳のせいか、そういう性格なのか、表情の乏しい人だ。

「えっと、私は平太さんの妻……、いえ、友達です」

佐菜ちゃんは私の言葉に膨れてみせたけど、とても嘘をつける雰囲気ではなかった。

おじいさんと向かい合わせに座っているせいで、私はまるで落ち着かなかった。

「それはどうも。で、どうして二人がここへ?」

おじいさんの声は静かに響く。おじいさんは歳の割りにがたいが大きく、平太とは対照的で威厳のある人物だった。

「えっと、いや、今、平太さんと奥様、旅行中なんです。それで、私が佐菜ちゃんを預かることになって、で、佐菜ちゃんがおじいちゃんに会いたいって言い出したもので、こうしてお邪魔したんです」

私は本当のことを言っているのに、緊張のせいかすっかり喉が渇いてしまった。佐菜ちゃんはにっこり笑って、

「お父さんの友達で深雪さんっていうんだ」

と、私を紹介してくれた。

「なるほど」

ひととおり説明が終わると、また和室はしんとしてしまった。壁の厚い部屋なのか、外の音も入ってこない。おじいさんは初めて自分の孫に会ったというのに、たいして興味も感動もなさそうで、何も自分から話そうとはしなかった。

「えっと、お父様って、ここでお一人でお住まいなんですか？」

「ああ。そうだ」

「いいおうちですね」

「どうも」

「もうお仕事の方は定年退職されたんですか？」

「ああ。そうだ」

「いいですね。悠々自適ですね」

「ああ」

会話は一向に弾まない。これでは、我が家に来たばかりの時の佐菜ちゃんと一緒だ。取るに足らない無駄話をしたって、仕方がない。私は大きく息をひとつ吐いて、本題に入ることにした。

「あの、私が言うのもなんですが、お父様、どうして反対されたんですか？」

「何がだ」

私の唐突な言葉におじいさんは顔をしかめた。

「平太さんとサツキさんの結婚です。お父様は認めていらっしゃらないって伺ったんですけど」

「ああ、そうだな」

「そうだなって、いったいどうしてなんでしょうか」

おじいさんは私の方にしかめたままの顔を向けると、

「少しでもいい人と結婚してほしいと思うだろう」

と言った。

「は？」

「親なら少しでもいい人と結婚してほしいと思うのが当たり前だ」

「サツキさんはいい人ではないんですか？」

「耳は聞こえないより聞こえた方がいい」

おじいさんは佐菜ちゃんを気遣ってか、少しだけ声を潜めた。

「そんな理屈、誰が決めたんですか？」

「昔からそう決まってる」

佐菜ちゃんは私とおじいさんの顔を交互に見つめた。

「そう決まっているのは、お父様の頭の中だけです。少なくとも平太さんは、そうは考えなかった。サツキさんに魅力がたくさんあったから、結婚を決めたんです。二人が愛し合ってたから結婚した。それだけです。お父様がとやかく言うことはないと思いますけど」

「世の中には何万と女がいるんだ。わざわざうちの平太が、耳の聞こえない女と結婚することはない」

よくわかる理屈だ。いかにも親が言いそうな言葉だ。おじいさんの気持ちはわからなくはない。だけど、明らかに間違っている。

「耳が聞こえるかどうかは、どうでもいいことです。結婚にはまるで関係のないことです。サツキさんはとてもいい人です。認めてあげてください」

「サツキさんがいい人だなんて、どうしてあんたが言い切れるんだ」

「どうしてって……」

そうだ。私にはサツキさんがいい人かどうかなんて、わからない。サツキさんには会ったこともないし、写真ですら見たこともない。どんな顔かも、どんな人かも知らない。耳が聞こえないということも、たった今、タクシーの中で知ったのだ。

「孫が生まれたのに、挨拶ひとつ来やしない」

おじいさんが苛立ちを押し殺したような口調で言った。佐菜ちゃんが心配そうに私の顔を見つめる。

「それはお父様、あなたが怖いからですよ」

「なんだと」

「サツキさんは、おじいさんに認めてもらおうと、何回もここに来ていました。何回も何回もこの家の前まで来ていたんです。佐菜ちゃんが生まれる前も、佐菜ちゃんが生まれてからも、ずっと。だけど、中に入れなかった。自分ではどうしようもないことを否定されて、あなたに会うのが怖かったんです」

私は誰のために、何のために、こんなに熱弁をふるっているのだろう。こんなのちっとも私のためになんかならない。でも、もう自分でもストップが利かなかった。

「耳が聞こえないくらいのことで、結婚を反対され、自分ではどうしようもないことなのに、悪いことのように言われて、そんなの、挨拶になんか来れるわけがないじゃないですか。愛し合ってせっかく結婚したのに、祝ってもらえないなんて寂しすぎます」

「何でもわしのせいか？」

おじいさんの語気も少し強くなる。

「そんなつもりで言ってるんじゃないです。ただ私は……」

「ただ、なんだ？」

「私はただ知ってもらいたいんです。本当のことを」

「本当のこと？」

おじいさんは眉をひそめた。

「サツキさんはとてもいい人です。今から証明してみせます」

私はそう言って佐菜ちゃんの背中をつついた。佐菜ちゃんは不思議そうに私の顔を見つめていたが、意図がわかったようで立ち上がり、おじいさんの前に進み出た。

「えっと、私は宮下佐菜です。今は小学校の三年生で、八歳です。お父さんのこともお母さんのことも、大好きです。そして、おじいちゃんのことも好きです。佐菜は、ずっとおじいちゃんに会いたいって思ってた。お母さんのこと、いいって言ってほしいって思ってた。だから、今日は深雪さんに無理にお願いして連れてきてもらったんです。佐菜、おじいちゃんと会えて嬉しかった。でも、おじいちゃんが怒ってると悲しい。お願いします。お母さんとお父さんを認めてあげてください」

おじいさんは佐菜ちゃんの言葉にさすがに少し心が揺さぶられたようで、そっと目を閉じた。

「平太さんはほとんど家庭を放ったらかしています。お父様にこんなこと言うのは失礼ですけど、遊び歩いています。実は、っていうか、きっと、浮気だってしてます。決していいだんなさまとは言えません。浅はかで頼りにならない父親です。でも、佐菜ちゃんはこんなにしっかりしたいい子に育っています。どうしてだと思いますか？」

おじいさんはそっと目を開けて、私の顔を見た。

私は、佐菜ちゃんが家に来てからのことを思い浮かべてみた。きちんと揃えられた靴。姿勢正しくじっと座っていた姿。母親から教えられたものにちがいない。

「それは、きっとサツキさんがいい人だからです。母親であるサツキさんがきちんと育てているからです」

おじいさんは黙り込んだ。しんとした広間に、柱時計の正確に時を刻む深い音が響く。

言い過ぎたかと心配になった私は、佐菜ちゃんと顔を見合わせた。

おじいさんは、ずっと何も言わなかった。表情も固まったままだった。ただ重い時間だけが流れていた。そんなすぐに物事は変わらない。私よりうんと長く生きてきたおじいさんの気持ちを、簡単に変えられるわけがない。

もう術（すべ）がなくなってしまった私は、おずおずと「そろそろ失礼します」と腰を上げた。

おじいさんは黙ったままで、私と佐菜ちゃんを玄関まで見送った。そして、最後に

一言、

「また、来たらいい」

　そう言った。

5

「本ね」

「え？」

「お母さんが一生懸命読ませるんだ」

　私のベッドの隣に敷いた布団の中から、佐菜ちゃんが言った。

「そうなんだ」

「お母さん苦労したんだって。耳が聞こえないと、特別な小学校に行くんだよ。そこでは国語じゃなくて、発音とか口の形を見て言葉を読み取る練習ばかりさせられるんだって。それでね、大きくなってから細かい言葉の意味がわかりにくくて大変だったんだって。だから、本を読めってうるさいんだ。本をしっかり読めば、言葉がよくわかるからって。佐菜、国語は得意だから大丈夫なのに、お母さん心配性なんだよね」

　きっとサツキさんはすごく苦労したのだ。だから慎重になるのだ。

「そっか……」

私たちは小さな豆球にぼんやり照らされた天井を見つめながら、ぼそぼそと話した。

「なんかすごく疲れちゃったね。豪遊したからかな」

豪遊の意味がわからない佐菜ちゃんは、そう言って笑った。

「豪遊ねえ。夕飯に取った寿司とデパートの買い物だけはかろうじて豪遊だったかなあ」

「でも、おじいちゃんに会えたよ」

「そうだね」

「深雪さん、よく働いたね」

「まったくだよ。カード泥棒したり、芋蒸かしたり、じいちゃんに熱弁ふるったりさあ。こりゃ、五万じゃやりきれないね」

私の言葉に佐菜ちゃんは笑っていたが、そのまま眠ってしまったみたいで、しばらくすると、小さな寝息が聞こえてきた。

どっぷり深い秋の夜。私も佐菜ちゃんの寝息に誘われて、眠りにすとんと落ちていった。

次の日、目を覚ましたらもう昼前だった。さすがに二人とも疲れきっていたのだろう。

一度も目覚めることなく、完全に熟睡していた。

「おはよう」

私が体を起こして佐菜ちゃんに声をかけると、間髪いれずに、

「スイートポテト！」

と佐菜ちゃんが言った。

「朝からすごいテンションだね」

「だって、昨日、深雪さん約束したでしょう」

「そっか。そうだったね」

さすがに子どもの回復力は早い。私たちは歯磨きと洗顔を済ませると、早速、昨日蒸かした芋を温めなおし、せっせと潰しはじめた。

「うわあ、昨日のもだけど、今日のもおいしそう」

潰したさつまいもに砂糖やバターやバニラエッセンスを入れると、佐菜ちゃんが感嘆の声を上げた。本当は型に入れて、オーブンで焼くのだけれど、面倒だからペーストにした芋を、そのまま大きなお皿に突っこんで、二人でスプーンですくいながら食べることにした。

朝食なのか、昼食なのか、よくわからず、私たちは二人で潰した芋をソファに座って食べた。

「おもしろいね。こんなふうにさつまいも食べるの初めて」

よっぽど口に合ったのか、佐菜ちゃんは昨日よりも食欲旺盛にさつまいもをほおばった。

「だろうね」

私だって、こんなに大量のさつまいものペーストをひたすらに食べたのは初めてだ。

「やっぱり深雪さんって料理が上手だね」

「今日は一応少しではあるけど、手を入れたしね」

「でも、おもしろくておいしいと余計にぽかりする」

佐菜ちゃんがさつまいものついたスプーンをなめながら言った。

「ぽかりするって?」

私は佐菜ちゃんの言葉を聞き返した。

「もうすぐ帰らないとって思うと、ぽかりするんだ」

「寂しいってこと?」

「別に深雪さんは友達じゃないから、寂しくないけど……。でもぽかりする」

「ふうん、いわゆる心に穴が開くってみたいなやつね」

「だって、もう会えないでしょう?」

「うーん。そうだろうね。お父さん、何時ごろ帰ってくるかな?」

「三時にマンションの下に迎えにくるって言ってた」

「そっか。うわ、もうそろそろじゃん」

私は壁の時計を見上げた。時計の針は二時三十分を指している。寝て起きて、さつまいも潰して食べただけなのに、時間はどんどん経ってしまっていた。

「深雪さんの家ってさ、全部狂ってるよね。時間」

佐菜ちゃんは私と同じように壁の時計を見上げた。

「え?」

「この時計もだけど、台所のも、目覚まし時計も、ビデオの時計も……。全部ちょっと遅れてる」

佐菜ちゃんがあちこちの時計を指差した。

「よくわかったね」

「十分も遅れてたら普通わかるよ」

「そうなんだ……」

普通わかるその十分を、平太はまるで気づかなかった。平太はいつも九時には帰らないと、と言って慌てだす。平太と一緒にいられる時間を少しでも延ばすため、私は家中の時計を十分遅らせていた。たった十分、だけど私には貴重な十分だった。

「どうしてこんなことしてるの?」

「どうしてって……。十分遅れてたら、ちょっと得した気がするでしょう？　十分多く過ごせる気がして」

「どういう意味？」

佐菜ちゃんがまるでわからないというふうに、首を傾げた。

「例えば、今だって正しい時計だったら、三時までしか一緒にいられないけど、この部屋の中の時計に合わせていたら、三時十分まで一緒にいられるってことになるんだよ」

「でも、この部屋以外の本当の時間は十分進んでるんでしょう？　あんまり意味ないじゃない」

確かにそうだ。まるで意味がないことだと思う。だけど、いいのだ。十分多く、一緒にいられているんだ。そう思うだけで、私は嬉しかった。

「いいのよ。この部屋にいる人だけに通じれば」

「ふうん。じゃあ、三時十分までここにいられるんだ」

「得したでしょ？」

「うん。得したね」

佐菜ちゃんは嬉しそうに微笑んだ。

十分くらい、平太はマンションの前で待たせておけばいい。二人とも承知の上で十分、余分に時間を過ごす。それはとても贅沢なことのように感じられた。

私たちは二時五十分から三時までの間、ただ時計を見てくすくす笑いながら過ごした。

「そうだ。これ、いつかタイミング見て、佐菜ちゃんからってことにしてさ、お母さんにあげてよ」

私は帰り支度を始めた佐菜ちゃんに、一本の口紅を渡した。昨日、デパートに行った時、佐菜ちゃんの顔に合わせて買っておいたのだ。きりっとした顔を柔らかくするようなオレンジ系の口紅。

「どうして?」

「どうしてってことはないんだけど」

「どうして、お母さんにプレゼントなんてするの?」

「イザベラだしね」

「イザベラ?」

「うん。敵も優しくしてしまうってやつ」

「お母さんって敵なの?」

「いや、そうじゃないけどさ。まあ、とにかくいろんな人の気持ちを柔らかくしておこうかなって、思ったのよ」

私は佐菜ちゃんに袋を押し付けた。

「じゃあ、なんかお祝いとか記念日とかにあげることにする」

佐菜ちゃんはそう言って、口紅を素直に受け取るとリュックの中にしまいこんだ。

「もう、さすがに行かないとね」

でたらめの時計も三時五分を回っている。私は佐菜ちゃんを玄関まで導いた。

「どうもありがとう」

佐菜ちゃんは靴を履いてから、私の方に向きなおって、ぺこりと頭を下げた。

「いえいえ、どういたしまして」

私も同じように頭を下げた。

「もっと遅らせておいたらよかったのにな」

最後に佐菜ちゃんはそうつぶやいた。

「え?」

「時計。もっともっと遅らせちゃえばいいのにね。そしたら、また深雪さんと豪遊できるのに」

「そうだね。じゃあ、今度は一時間くらい遅らせておいて、海外にでも豪遊しようか」

私が言うと、佐菜ちゃんは嬉しそうに手を振った。

がらくた効果

1

「拾ってきちゃった」

玄関まで出迎えにきたはな子が、俺の姿を見るなり言った。

「拾ったって何を？」

俺はジャケットと靴下を脱ぎながら、リビングに向かった。社会人になって三年が経つけど、なかなかスーツには慣れない。家に帰ると、まず着ているものを全部脱いで着替えてしまいたい。

「っていうか、拾ったっていうのは何か違うんだけど。その、連れてきたっていうか……。ちょっと、ちゃんと靴下はその足で洗濯機に入れてよね」

一服してからまとめて片付けようと思うのに、はな子はいつもうるさい。帰るなり自分のペースでこまごま言われると、げんなりする。

「はいはい。で、拾ったのは何？」

「何ってさあ……」

はな子は考え込むように眉間に人差し指を当てた。なにかまずいことがある時の、はな子の癖だ。

「どうせまた、おかしながらくたを持って帰ってきたんだろう。本当、やめてくれよな」

俺は洗濯機に靴下を放りこみ、リビングのカーテンレールに干したままになっているトレーナーを頭からかぶった。冬場になって、洗濯物はほとんど家の中に干されている。暖冬だというけど、太陽がしっかり出る日はなかなかない。冬の寒さは嫌いではないけど、いつも部屋の中に洗濯物がぶらさがっているのは、いただけない。

「どうせまた、って失礼ね。いつ私がおかしながらくたを持って帰ってきたのよ」

「はいはい。どうでもいいけど、これ以上、物を増やさないでくれよ。部屋だってそんなに広いわけじゃないんだから」

はな子と一緒に暮らしはじめて、一年以上になる。付き合っている時には気付かなかったけど、一緒に生活をするようになって、はな子はものすごく物好きだということがわかった。

好奇心旺盛というか、気が変わりやすいというか、次から次へといろんなものに手を出したがる。それは構わないのだけど、参るのはそれらにまつわるものを部屋に持ちこむことだ。わけのわからない民芸品を高いお金をはたいて買ってきたり、カブトムシを捕まえて育ててみたり、叩きもしない和太鼓を譲り受けてみたり。はな子と暮らしはじめてすぐに、俺たちの住まいは、風変わりな雑然とした部屋になってしまった。

今回は何なんだろう。家の中を見渡してみる。特に何かが増えた様子はない。連れてきたということは、犬か猫の類なのだろうか。

「別に部屋は狭くならないよ。今回のは可動式だからさ」

「可動式?」

「そう。自由自在、縦横無尽に動くんだ。私だって、ちゃんと部屋のことを考えてるんだよね」

「はいはい。わかったから、さっさと見せろよ。腹も減ってきたし」

俺は少しいらいらしながら、ソファにどかっと腰を下ろした。

「本当だ。今日、お寿司取ったんだった。早く章太郎の許可を取って、ごちそうを食べないと」

「はあ? なんでまた寿司なんだよ」

今日は十二月二十六日だ。ケーキを食べただけだけど、クリスマスも一昨日済ませたし、正月にはまだ早い。祝うことは特別ないはずだ。だいたいはな子はおおまかな奴だから、記念日というものを覚えていない。付き合いはじめた日も、一緒に暮らしはじめた日も、俺の方が、おぼろげだけどまだ覚えている。だから、ごちそうなんか、俺たちの食卓にはめったに上らない。

「まあまあ、かりかりしないで。もうじき、寿司を取って正解だって、章太郎も思うからさ」

「あっそう。じゃあ、とっととその拾ってきた物を見せてもらおうか」

「よし。あ、その前に、今回の拾得物を見ても、怒らない、驚かない、笑わないって約束して」

　女の子はすぐこういうことを言いたがる。「笑わないって約束する?」とか、「絶対怒らないって言ったら話すよ」とか。内容もわからないのに、簡単に約束できるわけがない。そんな意味のない前振りをどうしてするのだろう。

「そんなの、見なきゃわからないだろう」

　俺はうんざりした声で言った。

「そんなのだめよ。驚くのはいいにしても、とりあえず怒らないっていうのは、約束して」

　はな子は俺の目をじっと覗き込んだ。まったく煩わしい。

「はいはい。できるだけ、怒らないように努めるよ」

「努力だけじゃだめよ。ちゃんと実践してね。もし、仮に章太郎が怒ったりしたら、会社に電話して、おたくの会社の樋口章太郎さんに電車で痴漢されたって訴えるよ」

「何なんだよ。そのわけのわからない脅しは」

「いいの。怒らなければそれでいいんだから。簡単じゃない。ね」

はな子は俺の腕をぱしっと叩いた。

えらくしっかりと念を押す。ということは、犬や猫というような、普通のものじゃないのだろうか。ねずみかうさぎ。いや、はな子のことだ。サルやロバくらいなら拾ってくる可能性は十分ある。

「じゃあ、いよいよお披露目を」

はな子はそう言いながら、奥の和室のふすまを開けた。俺たちが寝室に使っている、四畳半の小さな部屋だ。

「章太郎もOKだって。どうぞ出てきてください」

はな子の呼びかけに中から出てきたのは、犬でも猫でもなく、もちろん、サルでもロバでもなかった。中からゆっくりと歩いてきたのは、おじさんだった。風変わりでも不思議でもない、ごく普通のおじさんだ。

「こんばんは。夜分遅くにお邪魔してしまいまして、どうも申し訳ありません」

おじさんは小さく頭を下げた。

よく見ると、俺が寝巻き代わりに使っているグレーのジャージを着ている。

「だ、誰?」

突然の見ず知らずのおじさんの登場に、俺は素っ頓狂な声を上げた。

「誰って、佐々木さん」

はな子がさも当たり前のような顔でそう言い、おじさんも、

「佐々木と申します」

と、また頭を下げた。

「いやいや、佐々木っていうのはわかったけど、この人はいったい何？　お前の親戚か何か？」

「まさか。佐々木さんは親戚じゃないよ」

「じゃあ、何？　友達？　恩師？　会社の人？」

少々戸惑っている俺に、はな子が顔をしかめた。

「っていうか、章太郎。私の前振りをちゃんと聞いてた？」

「聞いてたよ」

「だから、拾ってきちゃったのよ」

「拾ってきた!?　拾ったって、このおじさんを？」

俺はまたさっきと同じく素っ頓狂な声を上げた。

「そう。ね、佐々木さん」

はな子に言われ、おじさんは「ええ。いかにもそうです」とうなずいた。

「いや、ちょっと待て。俺にはまるで意味がわからないんだけど」

「だから、私が、佐々木さんを、拾ってきたの」

はな子は俺にわからせるためか、ゆっくりと言葉を切りながら言った。

「いや、だから、それが意味がわかんないんだって」

はな子はわけのわからないことをしょっちゅう言う。しかし、このいかにもまともそうなおじさんを拾ってきたというのは、どうやっても理解できない。

「えー。章太郎、いくらなんでも理解力なさ過ぎだよ」

「こんなのわかる方がおかしいだろう。いったい何なんだよ。もしかして、俺をからかってるのか？」

「まさか。章太郎をからかうために、わざわざ佐々木さんを借り出したりするわけないじゃない」

「じゃあ、何なんだよ。これは！」

「いちいち怒らないでよ。痴漢疑惑で会社クビになるよ。今の世の中リストラされたら、なかなか次の仕事って見つかりにくいんだよ。ね、佐々木さん」

「ええ。いかにもそうです」

佐々木さんはまた深々とうなずいた。

「私が佐々木さんを拾ってきた。そして、今から三人でお寿司を食べる。いたって単純明快じゃない。これのどこがわからないの？」

「全部だよ。全部。お前の言ってることって、意味不明じゃないか。どうやって、この立派な大人を、お前が勝手に連れてくるんだよ。えっと、あの、本当ですか、佐々木さん」

俺はおじさんの方に顔を向けた。

佐々木さんは五十過ぎぐらいだろうか。頭は少し薄くなってはいるけれど、銀の細いフレームの眼鏡を掛けているせいか知的に見える。それに姿勢が正しく、ジャージを着ているのに品がいい。はな子よりこのおじさんの方が、まだまともそうだ。

「ええ。はな子さんのおっしゃっていることは概ね本当です。突然のことで困惑させてしまったようで、申し訳ございません」

佐々木さんは穏やかに言った。

佐々木さんの声は深く、発音がとても美しい。そのせいで言葉に説得力がある。俺は意味不明のことが起こっているのに、うっかり「そうでしたか」とうなずいてしまいそうになった。

「これにて一件落着。さあ、食べようお寿司。章太郎の好きな花柳寿司で注文したんだよ。ちゃんと章太郎の分は、わさびも抜いておいたし」

はな子は勝手に話を片付けると、台所へ向かおうとした。

「ちょっと待てって。本気でわかんないよ。二人の言ってることが。こんなんじゃ寿司も喉通らないって」

知らないおじさんが家にいる。はな子は拾ってきたと言う。まともそうなおじさんはそのとおりだとうなずく。そして、みんなでのんきに寿司を食べようとしている。俺はあまりにおかしな現状に、半分泣きそうにさえなっていた。

「あのさ、俺が理解力ないのかもしれないけど、佐々木さんをさ、どうしてここへ連れてきたのか、もっとわかりやすくきちんと教えてくれないか？」

はな子は困惑する俺の様子に、佐々木さんの方を向いて肩をすくめた。

「仕方ないなあ。じゃあ、おなかもすいてきたことだし、簡潔に説明するよ。私の働いている店があるでしょう？　その前に公園があるよね。そこに、佐々木さんがいました。この寒空の下、一人でです。で、連れてきました」

「は？」

確かにはな子が勤めているインテリアグッズを売る店の前には、少し大きめの公園がある。しかし、公園だ。公（おおやけ）の園だ。人はたくさんいる。寒い日に公園に一人でいたからといって、いい歳をしたおじさんを連れてくるのはおかしい。

「それってさ、まさか、お前、誘拐じゃないの？」

「誘拐じゃないわよ。別にお金目当てじゃないもん。誘拐どころか、さっき佐々木さんにクッキーあげたんだよ。ほら、隣のおばさんにお土産にってもらった、あの高級なやつ。それに、お寿司だって取ったたし。逆に損してるじゃない。これじゃ、誘拐が成り立たないわよ」

はな子に率直に言われ、佐々木さんは少々申し訳なさそうな顔をしていた。

「あー。わかったようでわかんないよ」

俺は頭を掻きむしった。脳みそがくらくらしている。

「参ったなあ。私、昔から国語力がないからなあ。あっ、そうだ！　こういうの説明するのって、佐々木さんの得意分野だよね。お願いします」

面倒になったらしく、はな子は佐々木さんに話を振った。

「じゃあ、私から、お話しさせていただいてよろしいでしょうか」

佐々木さんはそう言うと、一歩俺の方に近づいた。

「ああ、ど、どうぞ。お願いします」

俺はぺこりと頭を下げた。

このおじさんは勝手に部屋に上がりこんで、澄ました顔で俺のジャージを着ている。それなのに、佐々木さんはかしこまった雰囲気を持っていて、俺の方がなんだか緊張してしまった。

「それでは、事情を説明させていただきます。先ほども名乗らせていただきましたが、私は佐々木平八郎と申します。大学で言語学について研究をしつつ、学生たちに勉学を教え、生計を立てておりました。が、しかし、世の不景気のあおりも受けたのでしょう。今年の夏休み明けに大学から解雇を言い渡されました。論文もずっと発表できておりませんでしたし、私立の小さな大学でしたから、無能な人材を置いておくような余裕はなく、当然のことと思われます」

「はあ……」

「悪いことというのは重なるものです。解雇と時を同じくして、長年連れ添った家内からも離婚を言い渡されました。結婚して二十六年、私はまったくといっていいほど、家庭を顧みませんでした。家内のために何かしてやったという記憶は皆無です。我が家には子どももいませんし、家内は活動的な女性でしたので、時間をもてあまし、不満が募っていたのでしょう。ですから、これも、当然のことと言えるでしょう」

佐々木さんの話は、論文を聞いているようで、わかりやすいのかわかりにくいのか、さっぱりわからなかった。佐々木さんがついていないということはなんとなくわかったけど、結局、どうしてここにいるのかは、さっぱり読めなかった。

「あの、で、要点を話してもらえないでしょうか？」

俺はおずおずと申し出た。このおじさんのペースだと、何時間あっても話は終わりそうにない。

「ああ、これはどうもすみません。ついつい蛇足ばかりの話になってしまいまして。こういう部分が、学生にも受けなかったのでしょうね。ひとつのことを話すのに、いろいろ枝葉をつけてしまいます」

「あの、佐々木さんが大学をお辞めになったのはわかりました。僕が知りたいのは、どうしてその教授までされていた、しっかりした方が、ここにいらしているかということです」

「ああ、そうですね。えっと、ああ、離婚です。私も当然のことだと感じていましたから、離婚はすぐに承知しました。そして、離婚の際に、ややこしい話が持ち出されまして、なんだかうなずいている間に、家や財産はすべて家内のものになってしまったのです。まあ、私が悪かったので、仕方のないことなのでしょう。ですが、困ったことに、仕事も家もなくしてしまった私は、路頭に迷ってしまいました。そして、とりあえず、公園の方で仮住まいをしようかと」

「それって、もしかして佐々木さん、ホームレスなの？」

「ホームレス。そうですね。そう言わざるをえませんね」

「えっと、つまり、佐々木さんは家がないんですよね」

「ええ。そうです」

佐々木さんはこくりとうなずいたが、目の前のおじさんには、そんな雰囲気がどこにもなかった。この人が、公園なんかでたくましく生きていけるわけがない。

「なんかすごいですね」

「いえいえ、たいしたことありません。私も、最初は戸惑いましたが、公園での暮らしも悪くはございません。水は使えますし、トイレもあります。ダンボールやビニールシートで暖もとれます。あの公園には先人が何人かおりまして、丁寧に生活の方法を教えてくださいます。ですから、そこそこうまく暮らしております」

「へえ……」

テレビでホームレスの人たちの生活ぶりを特集したものを見たことがあるけど、確かにみんな工夫して上手に暮らしてはいた。それに、年季の入ったホームレスの人や、リストラされたばかりの会社員の人、働くことがばからしくなったという元弁護士などいろんな人もいた。しかし、どうやってもこのおじさんがあんなふうに生活しているとは思えなかった。

「そして、はな子さんが公園の近くで働かれていて、お昼休みでしょうか、よく公園にいらっしゃるんです。その時に、何度かお話をしまして。で、すっかり意気投合してしまいまして」

「なるほど。それで、お前が連れてきたの？」

俺ははな子へ声を掛けた。

はな子は説明を佐々木さんに任せて、テーブルの上に湯のみや箸を並べている。

「そうそう。寒いしねえ。っていうか、佐々木さんだめなんだ。本人はこう言ってるけど、全然ハマッてないんだよ、公園暮らし。一、二ヶ月、様子を見てたんだけどさ、もうさっぱり慣れなくて、へたくそでさ。で、冬場くらいって思って、強引にここに連れてきたの」

はな子は、台所からお吸い物のお椀を運びながら言った。

「でも、佐々木さん、家に戻られたりとかできないんですか？」

「家は、別れた家内がアロマテラピーか何かの店に改造してしまいまして、とても近づける様子ではありません」

他人の家にすんなり上がりこめている佐々木さんは、気弱に言った。

「佐々木さんの実家は、どうなんですか？」

「実家に、このような姿を見せるわけにもいきませんし」

「はあ……」

まったく知らないホームレスのおじさんが図々しく家に上がりこんでいるのだ。さっさとほっぽりだしたらいい。そうなのだけど、佐々木さんの穏やかで上品な空気は、無下に帰ってくれとは、言い難いものがあった。

「さあ、食べましょう。お寿司。一応今日は上のお寿司です」

はな子はそう言って、立ち尽くしていた俺と佐々木さんに席に着くように促した。はな子はいつもの席とは違って、俺の隣に座り、佐々木さんが俺の向かいに座った。

「なんだかすみません」

佐々木さんはそう言いながらも、いただきますと手を合わせた。俺もつられて、同じように「いただきます」を言った。

「いろいろややこしいんだけどさ、時間をかけて他人のこと知っていくのも、なかなか面白いじゃない。ほら、私たち付き合って三年も経つしさ。同棲だって、一年半になるでしょう？　なんだかマンネリだし、犬でも飼おうかって、この前、章太郎だって言ってたじゃない」

はな子はそう言った。

犬とおじさんは全然違う。犬を飼うことと一緒にしたんじゃ、佐々木さんに失礼だ。俺は佐々木さんを正面に感じながら、どう答えていいかわからず、ただあいまいにうなずくだけだった。

佐々木さんは、穏やかに俺とはな子を眺めながら、お寿司を口に運んだ。佐々木さんはとても上手に物を食べる。速度といい、手の運びといい、きれいだ。はな子の言うとおり、ホームレスとしてばりばり生きていくエネルギーみたいなものも、世を捨てた厭世的な雰囲気も感じられない。ただのごく普通の紳士的なおじさんだ。

「章太郎さんはわさびが苦手なのですか？」

「え？」

「章太郎さん、わさび抜きにされたようでしたが」

「え、まあ、そうなんです」

佐々木さんに突然声を掛けられ、俺はちょっとびびりながら返答をした。「章太郎さん」なんて呼ばれるのも、心地が悪い。

「そうなのよ。子どもでしょう？　章太郎、わさびもからしもマヨネーズもだめなんだよねえ。ついでにねぎもにらもほうれん草も食べられないんですよ。本当に好き嫌いが多くて困ってるんです。もう、毎晩夕飯の献立考えるのも一苦労なんですよ」

はな子はえらそうに嘆いたが、夕飯は帰りの早い方が作る。台所に立つ回数はだいたい半々だ。それに、はな子は出来合いのものやレトルトを活用して、適当に夕飯を作ることが多い。俺の方がよっぽどまともに苦労して夕飯の支度をしている。

「佐々木さんは、好き嫌いはないんですか？」

俺ははな子を無視して、佐々木さんに質問をした。

「今は何でも食べられます」

「すごい。章太郎も見習いなさいよね」

「いえいえ。以前は、私も好き嫌いがありました。特に私はあのパンというものが、どうも苦手でして。お菓子のようなものを食事時間に食べるというのも不思議でしたし、パンの中から餡やチョコが出てくるというのも、どうもだめで」

「今は大丈夫なんですか？」

「ええ。公園で生活するようになって、パンを食べる機会がものすごく増えましたから。食べてみると、これがおいしいんですね。いつもおなかが減っているのもありますが、実においしい」

佐々木さんはパンの味を思い出したのか、うっとりした顔で言った。

「章太郎もしばらく公園で生活したら、好き嫌いが直るんじゃない？」

好き嫌いが何もないはな子が言った。はな子は公園で生活はしていないが、何でも食べる。尋常でなく辛いタイ料理や、気味悪いイナゴの佃煮といったものでも、ぱくりと食べてしまえる。

「公園でわさび食う機会はないじゃんよ。それに、からしやわさびは食べなくたって、困らないだろう」

「困るわよ。いちいち寿司屋でわさび抜き頼んだり、マクドナルドでマスタード抜き頼んだり面倒くさいじゃない」

「別にお前に迷惑掛けてないじゃん」

「まあまあ。お二人とも、そんなことで揉めないでください。でも、章太郎さん。お寿司を食べる際は、わさびは食べた方がいいですよ。特にイカはたくさん虫がいます。そういったものを、わさびが殺菌してくれますから」

佐々木さんにやんわりと注意をされ、俺は「そうですね」と素直にうなずいていた。

「なあ、あの人、いつまでいるの？」

俺はベッドにもぐると、早速はな子に聞いた。佐々木さんは、リビングに布団を敷いて寝ている。だいたいのことはわかったけど、佐々木さんの前では、聞けなかったことがいろいろある。

「暖かくなるまでは、いてもらったらいいんじゃない？」

「そんなにいるの？」

「いいじゃない」

「でも、俺たち仕事があるんだぜ。空（から）にした家にほうっておくのって、悪いじゃん。おじさんだって、困るだろうし」

「どうせ、あさってから章太郎、会社休みでしょう？ 私も三十日の午後からは休みだし。正月休みの間に慣れてもらったらいいんじゃない？」

「慣れる慣れないじゃなくて、そんなにここにいたらさ……」

「いいじゃん。別に困らないでしょう」

はな子はこともなげに言った。

はな子はかなり大雑把（おおざっぱ）だ。支障がなければ、どんなことでも受け容（い）れてしまう。俺が突然上司や同僚を連れてきても平気だし、隣の部屋のうるさい子どもだって簡単に預かってしまえる。そういう懐（ふところ）の深さは魅力でもあるけど、一緒に生活していると参ることの方が多い。

「困る困らないの問題じゃなくてさ、いったいこれって、何なの？」

「説明したとおりよ」

「あんな説明じゃ、理解できるわけないって。お前、いつからあのおじさんと親しくなったの？」

「さあ、二、三ヶ月前からかなあ。私いつも昼休みは公園でお昼を食べてるのよ。そしたらさ、佐々木さんがいつもベンチに座ってぼうっとしてるのよね。で、いくつか話をするようになって。佐々木さん面白いでしょう？　しゃべり方も愉快だし、ホームレスにいたるまでの話も愉快だし。でさ、すっかり仲良くなったんだよね」

「昼休みに公園で二人で話すのは自由だけど、だからって、俺たちの家に連れてくることはないだろう」

「でも、私、佐々木さんの家には何回も行ったよ。そのお返しじゃない」

「何だよ、それ。あのおじさん、家あるのかよ」

「ああ、家っていっても、ダンボールで作ったやつね。中の防寒システムを見せてもらったり、粗大ごみで拾ったテーブル運ぶの手伝ったり……」

はな子はその時のことを思い出したのか、笑った。

「お前はどうでもいいけど、佐々木さんはどう思ってるんだろう。こんなことさ、なんか勝手に同情してるみたいで失礼かもしれない。大の大人を強引に連れてきてさ。気弱そうだから断れないだけで、内心困ってるかもしれないぜ」

「いいじゃない。佐々木さんがどう思おうと。同情されて失礼だって思ったら、勝手に出て行くでしょう。それこそ、大の大人なんだからさ」

「そうかなあ」

はな子の大まかさにはついていけそうもない。俺はため息をついた。

「ほら、もう効果が出たよ」

はな子がぱちんと指を鳴らした。

「効果？」

「うん。一日目にして効果てきめん」

「何の効果だよ」

「私たちに決まってるでしょう。いつも章太郎、ベッドに入ったら速攻で寝るじゃない。おやすみすら言わずにさ。すごい感じ悪いのよね。でも、今日はこんなに会話した。うん。一緒に暮らしはじめた頃のようだねえ。佐々木さんのおかげだ」

「なんだよ。こんなの会話じゃないだろう。不可解なことを、解決しようとしているだけ……」

「わかったわかった。私、明日早番だからもう寝るわ。おやすみ」

はな子は話を切り上げると、さっさと布団にもぐりこんでしまった。

2

次の日、仕事納めだった俺がいつもより遅く家に帰ると、まだ佐々木さんがいた。どうやら昨日の出来事は現実だったようだ。あまりに自然に座っているので、うっかり見逃してしまいそうになったけど、はな子と二人で食卓についている。やっぱり春になるまでここにいるのだろうか。

「お帰りなさい。さあ、夕飯にしましょう。っていうか、今日のご飯は、佐々木さんが作ってくれたんだよ」

「あ、ああ。そうなんだ」

「もう、章太郎が遅いから、おなかすいちゃったよ。ね、佐々木さん」

「すみません」

俺はすぐに着替えたいのを我慢して、スーツのまま食卓についた。俺が仕事で遅い時は、待たずにさっさと夕飯を食べているはな子も、まだ箸をつけずに待っていたようだ。食卓にはわけのわからない料理が並んでいた。オムレツのような、卵で何かをとじたもの。野菜と肉をいためたようなもの。味噌汁のような煮物のような芋の浮かんだ汁。

「えっと……」

「遠慮しないで召し上がってください。お世話になっているのですから当然です」

佐々木さんは、俺とはな子ににこやかに言った。

「いただきます」

俺は手を合わせて、オムレツのようなものに箸をつけた。

だいたいおじさんが作るものは、見た目が悪くても味はいいということが多い。料理は雑多な方がおいしいものだ。そう自分に言い聞かせて、オムレツを口に入れた。しかし、やっぱりおいしいとは言いがたかった。きのこと肉とチーズが入っているのはわかったけど、何の味なのかがわからない。和風なのか洋風なのか。甘いのか辛いのか。俺が首を傾げていると、芋の味噌汁のような物体を食べたはな子が、

「これ、味おかしいですよ。味噌汁にしたら濃すぎるし、でも煮物の味はしないし」

と、ずばりと言ってのけた。

「そうですか。料理というものをしたことがなくて。どうもすみません」

佐々木さんは気を悪くしたふうではなく、照れくさそうに言った。

「そっか。佐々木さん、教授から突然ホームレスだもんねえ」

「ええ。お恥ずかしい話ですが、ご飯を炊いたことぐらいしかありません」

「なるほど。道理で、どれもこれも、味がちんぷんかんぷんなわけだ」

はな子はずけずけ言いながらも、佐々木さんが作ったおかずを次々口に入れた。俺はご飯で味をごまかしながら、失礼にならない程度におかずをぼそぼそと食べた。佐々木さんは味に鈍感なのか、自分が作った責任上なのか、平気な顔で食べている。

「おなかがすいていると、何でもおいしいけど。ね、章太郎」

「いや、あの、食べられないことはないですよ。というか、なんか体に良さそうな味がします」

俺がわけのわからないお世辞を言うと、佐々木さんが、

「気を遣わせてすみません」

と、笑った。

「そうだ！　正月休みに簡単な料理くらい、私が教えますよ。一緒におせち料理を作りましょう。いい機会だし」

はな子はたいして料理なんて作れないくせに、そう言った。

「ありがとうございます」

佐々木さんは深々と頭を下げた。

料理はいつもより多いわけではなかった。だけど、はな子と二人の時より、食べ終わるのにずっと時間がかかった。

「不思議だなあ」

「不思議って、佐々木さんのこと？」

俺たちの家は、テレビはリビングに一台あるだけだ。いつも休みの前日は、遅くまで深夜放送を見たりするのだけど、佐々木さんがリビングで寝ているせいで、それはできない。俺は早々に、はな子と一緒にベッドに入った。

「ああ。大学を解雇されたって、ホームレスにならなくても、いくらでも方法がありそうなのにさ」

今日、佐々木さんの料理を食べて、何もできないお坊ちゃんだということが、よくわかった。ホームレスにはとても向いていない。

「仕方がないんじゃない。奥さんが全部お金を管理していたらしくて、手元にまったく残っていないらしいよ。もともと佐々木さんって、お金に疎(うと)そうだし」

「そうだとしても、何とでもなるんじゃないか？　ホームレスになるまで、すべて分捕(ぶんど)られるなんておかしいじゃん」

「揉め事が苦手なんだって。特に奥さんと揉めるなんて、ごめんらしいよ」

「それにしてもさ……」

「っていうか、そんなに気になるなら、直接、佐々木さんに聞いてみればいいじゃない」

「そんなの聞けるかよ」

「びびりだもんね、章太郎は。夕飯だって、そんなにまずくないですよとか言いながら、飲みこんじゃってるし」

　はな子は、けたけた笑った。

「はいはい。悪かったな」

「そんなむくれないでよ。でもさ、佐々木さんがここに来たことでさ、章太郎のこと見直したよ」

「見直した？」

「普通さ、知らないおじさんを家に入れるなんて、まず最初に危険だって思うじゃない。今の世の中、物騒だしさ。まして私と二人きりにするなんて、とんでもないでしょう。なのに章太郎、全然そんなことは気にしてないもんねえ。おおらかだ」

　それは、俺がおおらかだからじゃない。はな子のペースに乗せられたのと、佐々木さんが穏やかだから、そんなことまで頭が回らなかっただけだ。

「久々に章太郎のこと、いい男だなあって思ったよ」

「そう？」

「うん。佐々木効果てきめん。二日目にして、好きだって気持ちを取り戻した」

佐々木効果なのかどうかはわからないけど、すごく久しぶりに、はな子に好きだって言われて、俺はちょっとどきっとして、嬉しくなって、思わずはな子の肩に腕を回した。

「そういうのは、いいや。章太郎は明日から正月休みだからいいけど、私はまだ店があるんだからね」

はな子は俺の腕を振りほどくと、すやすやと眠りについてしまった。

3

翌日、目を覚ますと、はな子はもう出勤していて、リビングには佐々木さんだけがいた。佐々木さんはもともとの自分の服なのか、ベージュのカーディガンを着ていて、ジャージの時より老けて見えた。

「えっと、おはようございます」

俺は佐々木さんと二人っきりになるのは初めてで、どぎまぎした。

「ああ、おはようございます。朝、パンを買いにいったのですけど、章太郎さん、食べますか？」

佐々木さんは食卓の方を指した。テーブルの上には近所のパン屋の袋が載っている。

「ええ。いただきます」

俺は顔を洗って着替えを済ませると、佐々木さんの分と自分の分のコーヒーを用意した。佐々木さんは先にはな子と朝食を済ませたようで、コーヒーだけを飲んだ。

「これ、佐々木さんが買いにいかれたんですか？」

袋の中には、何種類かのパンが入っていた。俺は、メロンパンを選んで皿に載せた。

「ええ。朝、散歩がてらにぶらりと行ってきました。このあたりには便利そうな店がたくさんありますね」

「えっと、あの、パンのお金は佐々木さんが？　よかったんですか？」

「そんな気にしないでください。パンを買うくらいのお金は、ありますよ。公園で暮らしつつも、仕事はしていましたから」

「そうなんですか」

俺はメロンパンをほおばった。焼き立てではないけど、表面がさくさくしていておいしい。

「ええ。仕事っていっても、ごみを集めて商店に持っていったり、時々職安に入る作業をしたりするくらいなのですけど」

「へえ……」

「今、ごみは山ほど転がっていますからね。あっという間に、集められます。空き缶なんかは、一キロで四十円そこそこになるんですよ。すごいでしょう。昔はごみなんて見過ごしていましたが、今は道を歩くたびに、お金が転がっているような気がしてしまいます」

佐々木さんはそう言って、笑った。

「なるほど。いろんな仕事があるもんなんですね」

「章太郎さんは何をされているのですか?」

「僕はなんていうか、インターネットのホームページを作る会社で、いろんなお店や企業のホームページを、代わりに作成するっていう……」

「IT企業というやつですね」

「そう、そんな感じです」

言葉が丁寧なせいで、佐々木さんをすごく昔の人間に感じてしまっていた俺は、佐々木さんの口からITなんて言葉が出てきたことに少し驚いた。

「素敵なお仕事ですね」

「いや、それほどでも」

素敵な仕事かどうかわからない。IT関係といったって、俺は営業で、外回りばかりしている。

「佐々木さんは？」

「え？」

「あの、もう仕事は……。いえ、えっとパソコンなどはされたりするんですか？」

もう仕事は探されないんですか？　と聞こうとして、俺は言葉を変えた。

佐々木さんはクビになったのだ。きっと新しい仕事を探していても見つからないのだ。教授の口がそうそうあるとは思えない。仕事のことを聞くのはちょっと遠慮した方がいいな。そう思った。

「パソコンですか。いえいえ、全然できません。ワープロがなんとかできるくらいです」

佐々木さんは恥ずかしそうに笑った。

他人がいる家は落ち着かない。自分の家なのに、すっかりペースが狂ってしまう。俺は休日だというのに、朝ごはんを終えると、ひげをそり、髪も簡単にセットした。いつもの休みの日では考えられないことだ。

「今日は年賀状を書こうと思っているんです。書くっていっても、パソコンでですが」

俺は聞かれもしないのに、自分の予定を佐々木さんに報告した。

「おや、そうですか」

「今頃書くのも、ちょっと遅いんですけどね」

今日はもう二十八日だ。俺は言い訳するように付け加えながら、パソコンとプリンターをテーブルの上にセットした。

「大丈夫ですよ。今年中に投函したら、十分松の内に間に合いますよ」

「松の内？」

「一月七日です。それまでに着けば、年始の挨拶として受け取ってもらえますよ」

「そうなんですか」

俺は初めて知る事実に感心しつつ、でも、七日に来る年賀状は間が抜けてるなあと思った。やっぱり年賀状は三日までには届いてほしい。

俺が年賀状を作成している間、佐々木さんは、

「年末ですから、掃除でもさせてください」

と言いながら、窓を拭いたり、床を拭いたりしていた。なんだか佐々木さんだけに掃除をさせるのも悪いなと最初は思ったけど、佐々木さんはとてもゆったりしたペースで掃除をしているので、全然慌ただしくなく、そのうち俺は自分の年賀状作りに没頭してしまった。ほとんどパソコンがやってくれるとはいえ、取引先を含めるとかなりの枚数になる。

「ずいぶん、うまくできるものですね」

ひととおり掃除を終えたらしく、佐々木さんが印刷した年賀状を手に取った。パソコンで作った干支（えと）の絵柄と、毛筆タッチの文字に深く感心して見入っている。

「ええ。もう全員同じ柄に同じ言葉なんですけどね」

俺がそう笑うと、佐々木さんが目を丸くした。

「え？　目上の方にもこの賀状を出されるのですか？」

「え、ええ。そうですけど……何か？」

佐々木さんの驚く姿に、俺の方が驚いてしまった。

「目上の方ですよね？」

「そうですけど。どうしてですか？　何か問題でも？」

俺は自分の年賀状をよく見てみた。干支の絵もシンプルなものだし、別に失礼なことは書いていない。

「これ、迎春（げいしゅん）となっていますね」

佐々木さんは年賀状の文字を指した。

「ええ、確かに」

「普通、二文字や一文字の賀詞（がし）は目上から目下に使われるものなんですよ。迎春だとか賀正だとか」

「そうなんですか⁉　あちゃ、俺、去年は頌春で出してました」

俺は慌てて印刷をストップさせた。プリンターが鈍い音を立てて、のろのろと動きを止めた。

「あらまあ。もったいないことを。私が余計なことを言ってしまったからですね。すみません」

「大丈夫です。まだ会社関係の分は印刷してないから。こういうことって、意外と知る機会ないですよね。本当、まったく知りませんでした」

「こんな知識があっても、仕方がないのですね。現に、去年、章太郎さんは頌春で賀状を出されても、何もなかったのでしょう。本当に無駄な知識です」

　佐々木さんは心なしかしょんぼりとして見えた。

「そんなことないですよ。俺が無知なだけで……」

「いいえ。章太郎さんは無知ではありません。必要ではないから知らないのです。公園で暮らしていると、今までの自分がばからしくなります。昔の文書を繙いて、言語について調べて。何の、誰の、役に立つのでしょうか。世の中と同じように言葉は常に進化し、変わっていくのに。公園の先人たちは多く語らずして、大事なことを教えてくれます。私は言葉をあれこれ使い、結局無駄な知識を学生たちに伝えているだけにすぎません」

「そんなことないですよ」

俺はなんて言っていいのかわからず、同じような言葉を繰りかえした。

「そんなことあります。私のしてきた仕事なんて、単なる徒労です。ごみを集めることの方が、よっぽど生産的です」

「たいてい仕事なんて、そうですよ。僕のしていることだって、なくたって不自由しないことです」

「そんな。章太郎さんの仕事はすばらしいです」

「すばらしくなんかないですよ。言語を研究するより、もっと無意味です。たいしていいとも思ってない企業のホームページを作って、不条理だなと思いながら、頭下げて。僕の意思なんかどこにも反映されていません」

会社に入ってからずっとしっくりこず、頭の隅に固まっていたことが、言葉になってすらすらと出てきた。

「でも、社会の歯車のひとつとして回っている」

「このおかしな社会のです」

「おかしかろうが、今私たちの生きている社会の中で回っていくことこそ、大事なことですよ」

それから僕たちは、ぼそぼそと仕事について話をした。子どものころやりたかった仕事のこと、現実に社会に出て味わった思いもしなかったさまざまなこと、教授としての佐々木さんの仕事のこと、公園での仕事のこと。そして、仕事って結局何なんだろうってこと。印刷しかけだった年賀状のこともすっかり忘れて、二人で話しこんだ。

「でも、佐々木さんにはあんまり似合ってない気がするんです。いい仕事か悪い仕事かは別にして、公園でそうやって生活していることは、なんだか違うって気がします」

「それは、はな子さんにも言われました。公園で座ってましたら、突然、あなたがこんなことしているのはおかしいですよって」

「当たってると思います。あいつ、えらそうだけど、直感だけは冴えてますから」

俺たちが笑っていると、ドアが乱暴に開いて、はな子が入ってきた。両手に大きなスーパーの袋を提げている。

「ちょっと、二人して電気もつけずに暗闇で何してるのよ。気持ち悪いなあ」

はな子はそう言いながら、リビングの電気をつけた。知らない間に、外は暗くなっていた。

「本当だ」

「ずいぶん時間が経ってたんですね」

「もう五時よ。五時」

はな子に言われて時計を見ると、確かに五時を過ぎている。

「昼ごはんも食べるの忘れてましたね」

「ええ。年賀状もほったらかしです」

俺と佐々木さんは顔を見合わせて、笑った。


「何してるの？」

「ああ、年賀状を」

「年賀状をって、章太郎、昼間作ったんじゃなかったの？」

「途中までね」

昼間、年賀状を半分ほどしか作れなかった俺は、寝室の小さな机の上ではがきを書いていた。

「あれ、今年は手書きなの？」

「いやあ、パソコンで作りかけてはいたんだけど、今、印刷したらさ、佐々木さん寝てるし、迷惑かなあって。ほら、あのプリンター、結構うるさいだろう」

「へえ。あと、何枚くらいあるの？」

「四十枚ほどだけど」

「半分手伝うよ」

はな子はそう言うと、俺の座っているいすの端にちょこんと腰掛けた。

「じゃあ、私が宛名を書くね」

「え、俺の字じゃないっていうの、失礼じゃないかな」

「何それ。パソコンに書かせるつもりだったんでしょう？　パソコンより恋人の手書きの方がよっぽどいいよ」

はな子は、早速宛名を書きはじめた。通信教育のペン習字を三ヶ月ほど習っていたはな子の字は、そこそこきれいですばやい。宛名を書くはな子のスピードの方が速く、俺のあいさつ文はなかなか追いつかなかった。

「そんな悩まなくたって、あいさつ文なんてみんな一緒でいいじゃない」

「そうなんだけどさ、去年一度も会ってない人に、昨年中はお世話になりましたっていうのも変だし、今年会う予定のない人に本年もよろしくっていうのもないだろう。じゃあ、どう書けばいいのかって考えたら思いつかないんだよ。パソコンで作ってた時は平気だったけど、いざ自分で書くとなると嘘は書けないし……」

「章太郎は変なところまじめだからね。でもさ、両面手書きの年賀状って、今時希少価値あるね。喜ばれるよ」

「まあな」

「でも、慌てて今日中に仕上げなくてもいいんじゃないの？　明日の昼間、印刷したら」

もう宛名書きに飽きたのか、はな子はあくびをしながら言った。

「まあ、松の内に届けばいいんだけど。でも、やっぱり元旦に着いた方がいいかなって思うしさ。明日の朝には投函したいんだよね」

俺は今日知った松の内という言葉を、自慢げに使ってみた。

「そうだねえ。松の内ならいいって思ってる人は、少ないだろうし。松の内までには仕事も始まっちゃうしね。やっぱり三が日に届いた方が無難だよね」

「あれ、お前、松の内なんて言葉知ってるの？」

「知ってるわよ。当然じゃない」

「へえ。案外賢いんだなあ」

「そう？　でも、二つ前の総理大臣が誰かは、知らないけどね」

はな子はいたずらっぽく笑った。

人によって知っていることは、全然違う。常識だって思ってることも、ちょっとずつずれている。俺は今日、賀詞と松の内について知った。そういうことを言葉を交わしているうちに、自然と身に着けていくのは意味のあることだと思う。

俺たちはあれこれ言いながら、年賀状を書いた。四十枚近い年賀状を手書きで作るのは結構大変で、書きあげた時には、もう二時を回っていた。

「何かを一緒にするなんて、すごく久しぶりだね」

「佐々木効果かもね」

などと言いたいのは、お互い山々だったけど、眠気に負けて俺たちはそのままベッドに倒れて、朝まで眠りこんでしまった。

4

大晦日の日、朝から佐々木さんとはな子は二人でなんだかんだ言いながら、黒豆や煮しめやなますなどの簡単なおせち料理を作り、俺は風呂場やベランダを掃除した。途中、何回か休憩を入れてみんなで渋めの熱いお茶を飲み、最後に台所をきれいに片付け、大掃除を終えた。

夜はこたつでそばを食べて、紅白歌合戦を見た。

佐々木さんは、

「若い人の歌は速すぎて、何を言ってるのか、さっぱりわかりませんねえ」

と言って、はな子は、

「演歌はどれも一緒に聴こえるけど、これはさっきの人の歌と違うのかなあ」

と、首を傾げた。

元旦は、佐々木さんとはな子が作ったおせちを食べ、おもちを食べ、おなかがいっぱいになると、こたつでだらだらし、昼過ぎから近所の神社に初詣に出かけた。

佐々木さんのレクチャーを受け、正しい方法でお参りをし、おみくじを引いた。佐々木さんは大吉で、俺とはな子は小吉だった。佐々木さんは、

「私だけがこんなのを引いてしまってすみません」

と、頭を下げた。帰りに境内の屋台でベビーカステラを買って、三人でつまみながら歩いた。

小さい頃、家族で過ごした定番の年末年始だ。紅白歌合戦も、年越しそばも、おせち料理も、初詣も。こんなふうにしたのは何年ぶりだろう。お正月は本当にゆっくり時間が過ぎる。こうやって昔の慣わしに従って時間を過ごすと、それがわかる。

「そう言えば、お正月はお帰りにならないのですか？　お二人とも実家があるのでしょう」

夕飯に朝と昼と同じようにおせち料理を食べながら、佐々木さんが言った。

「ええ、まあ」

「私がお邪魔してしまっているから、帰れないのではありませんか？」

「いえいえ。それはないです」

俺は慌てて首を振った。別に佐々木さんがいなくても、もともと実家に帰る予定はなかった。

「ここ何年も、お正月に実家に帰るということはしてないんです。道も新幹線も混むし、わざわざお正月に帰らなくても、って気がして。僕は大学入学と同時に実家を出たから、もう家を離れて七年も経つんですよね。そうなると、なかなか帰るといっても億劫になってしまって。この間、じいちゃんの法事の時に帰ったので、いいかなあと」

「なるほど。そうでしたか」

佐々木さんはつやつや光った黒豆を口に入れた。今回のおせちの中で、黒豆が一番できがいい。

「それもあるんだけど、私たちこんなふうだからね」

はな子が口を挟んだ。

「こんなふうって、何かまずいことをされているのですか?」

「いや、まずいことはしてないけど、親って、同棲とか嫌うでしょう? けじめがないとか言ってさ。とにかく帰ると、どうするつもりなんだって、そればっかり。うるさくて、面倒くさいのよ」

「それはいけません。親というのは面倒くさいことを言うものなのですよ」

佐々木さんは顔をそっとしかめた。

その様子がいかにも先生みたいで、俺は、ああ、この人は教壇に立ってたんだなあと、改めて思った。

「わからないではないんだけどね。だけど、いつだって同じ話だからさ。もう電話で話してる時ですら、章太郎がどんな男なんだって、将来はどうするんだって、ぎゃあぎゃあ言うんだもん。うんざりする」

「え？　章太郎さんとご両親は対面されたことがないんですか？」

佐々木さんはまた顔をしかめた。

「まあねえ」

「そりゃ、いけませんよ。実家に二人で帰って紹介しなくては。章太郎さん、こんなに立派な男性なのに」

「そのうちね」

はな子が適当に答えた。

「そのうちって、はな子さん、口だけでしょう。早々に帰った方がいいですよ」

「そう言う佐々木さんだって、実家に帰ってないじゃないですか」

「え？」

「佐々木さん、お正月だというのに、実家じゃなく、見ず知らずの私たちの家にいるんですよ。私たちよりよっぽど変です。佐々木さんこそ、最近実家に帰られたのはいつですか？」

「本当だ。何年も帰っていません」

佐々木さんは、はな子に突っ込まれて、顔を赤くした。

「ほらほら」

「いやはや、これは失礼しました」

「まったく、本当ですよ」

はな子はえらそうな口ぶりで言うと、けらけらと笑った。

5

一月二日の朝、俺とはな子がいつもより遅めに起きてリビングに行くと、佐々木さんがわずかに改まった格好をしていた。

「どうしたんですか?」

はな子が大きく伸びをしながら聞いた。

「今日は二日ですね。書き初めをいたしましょう」

「書き初め?」

「ええ。一月二日ですから。あれ、書き初めをご存じでは?」

佐々木さんが小さく首を傾げた。

もちろん、書き初めくらいは俺でも知っている。小学校や中学校の時、必ず冬休みの宿題に出ていた。といっても、いつも宿題を早く片付けたい俺は、書き初めは年末にしていたのだけど。

「そっか。書き初めって二日にするものでしたね」

俺が言うと、佐々木さんが遠慮がちに、

「ただの伝統行事ですが」

と言った。

「やろう、やろう！　私、書道道具なら、ばっちり持ってるんですよね」

はな子はそう言いながら、パジャマのままで押入れの中をごそごそ探しはじめた。中には、はな子があちこちで集めた無用の品が詰まっている。

「あった、あった。はい、筆。それと、墨。この二つは奈良に旅行した時に買ったのよね。章太郎」

そう言えばそうだ。付き合って二年が経った記念に、京都と奈良に一泊で旅行に行った時、はな子が墨と筆を購入したのだ。墨や筆は奈良の伝統工芸品らしく、それらを売る店がたくさんあった。習字などしないくせに、「いい筆だわ」と感心し、はな子は筆を何本も買ったのだった。

「へえ。確かにこれはいいものです」

墨と筆を受け取った佐々木さんは、二つを眺めてそう言った。

「えっと、あとは硯と文鎮だよね。あったっけなあ」

はな子はいろんなものを系統なく、ばらばらにしまっているから、一つずつ習字に必要なものを探し出しては、持ってくる。

「おお、あった硯！　これはうちの店の店長が中国に出張に行った時に、買って来てくれたんです。ここに彫り物がしてあるでしょう？　その子どもの顔が私に似てるとかで買ってきてくれたんですよ。これは、たぶん高級品です」

はな子が、飾りがごちゃごちゃ付いたいやに大きい硯を出してきて、佐々木さんはまた、これはすばらしいと感動していた。

「文鎮は……、これでいいや。これはこの間、おつりを忘れたお客さんを追いかけていった時に、道で拾った石なんだけど、すごくつるつるしてて、なんだか珍しいでしょう」

さすがに文鎮まではなかったらしく、はな子はどこかで拾ってきたらしい石を持ってきた。

「すごいですね。大人になって、書道の用具を全部揃えている人がいるのですね」

佐々木さんは、はな子の持ち物の多さに感心した。

「たいしたことないですけどね」

「しかも、その一つ一つに思い入れがあるなんて、さすがはな子さんです。いや、これは良い字が書けそうです」

「ああ、でも、半紙はないんです。普段習字をするわけではないので」

「まあ、紙はカレンダーの裏でもチラシの裏でも、何でもいいでしょう」

佐々木さんが墨をすっている間、俺とはな子は顔を洗い、着替えを済ませた。

朝食はみんなばらばらに、それぞれの支度をする合間に、おせち料理をつまんだ。こうやって考えてみると、お正月はのんびりしてるけど、やることもあり、それぞれの生活リズムも微妙に違う。簡単につまめるおせち料理がぴったりだ。実家にいる時は、地味なおせち料理は好きじゃなかったけど、こうやって食べると、便利でおいしい。

「今年は北北東ですね」

佐々木さんは、窓から太陽をのぞいた。うっすら雲に覆われているが、太陽はきちんと昇っている。

「何なんですか？」

「恵方(えほう)です」

「恵方？」

「書き初めはその年の恵方を向いて、書くのですよ。今時には合わない風習かもしれませんが……」佐々木さんはそう言いながらも、「どうせですから、ちゃんとやりましょう」と、方角を一生懸命確かめた。

「なんか、恵方って、節分の太巻き食べるやつみたいですね。あ、そうだ！　方位磁石がありますよ。登山用のやつだけど、あれなら簡単に北北東がわかるはず」

はな子は引き出しから、ペンダント式になった方位磁石を持ってきた。

「なんと、はな子さんは登山もなさるんですね」

と、佐々木さんは驚いていたけど、はな子は山になんか登らない。方位磁石は、自分のいる場所がどっちを向いているかわからないと気持ち悪いからという、おかしな理由で購入したものだ。

方位磁石を活用して、正しく北北東の位置を確かめた俺たちは、床に新聞紙を敷き詰め、カレンダーの裏に習字をすることにした。

「なんか、習字って中学生のとき以来」

はな子が弾んだ声で言った。

「こうやってみると、楽しいですね」

俺も筆に墨を含ませると、なんだかうきうきした。

「そうでしょう。さて、何かおめでたいことを書きましょう」

佐々木さんは、先陣を切って、「笑門来福」と記した。さすがにきれいな整った字だ。

「笑う門には福来たるですか」

「そうです。笑っていれば、幸せはやってきますからね。最近身をもって、それを知りました」

リストラされ、奥様に離婚を言いわたされ、財産もなくした佐々木さんは嬉しそうに言った。

「なるほど。じゃあ、私は全ての門に福が来ることにしようっと」

はな子はそう言って、「全門来福」とでかい字を書いた。

「そんな言葉あるのかよ」

「さあ。あるんじゃない？　笑ってなくたって、幸せそうな人いるじゃん。それに、どんなところにも福が来る方がお得でしょう？」

はな子が勝手なことを言うのに、佐々木さんはくすくすと笑った。

俺はあれこれ悩んだ挙句、「輝く初春」と書き、はな子と佐々木さんに、

「まさに中学生の書き初めの手本の文言だ」

と、笑われた。

俺たちは三枚の書き初めを、壁に押しピンでとめ、その前で「いいことがありますように」と手を合わせた。

「お前の物好きって、たまには役に立つんだね」

「え？」

佐々木さんがリビングで寝ているおかげで、正月休みだというのに、俺たちは早々にベッドに入った。和室には暖房がなく、布団が体温で温まるまで寒い。

「筆も墨も硯も、絶対あんなもんいらないって思ってたけど、お前が集めてたおかげで、書き初めなんていうことができたんだよな。ついでに、方位磁石まで役立ったし」

「でしょう。実は私には先を見通す力があるんだよね」

「でも、役に立ったのは、一年半一緒に暮らしていて、今回が初めてだけどな」

俺がそう笑うと、はな子が俺の上に乗っかって、ほっぺたを横に引っ張った。

「何なんだよ」

「いや、いい笑顔だから、形状記憶させておこうかなって」

「そんなこと、できるわけないだろう」

「まあね。去年はさ、笑ってなくても、それなりに幸せだったじゃん。だけど、今年はもうちょい笑っておくといいかもよ。小吉引いちゃったし」

「笑う門には福来たるってやつ?」

「そう。笑っとけば、じゃんじゃん福が来るんだって」

「うそ。そしたら、佐々木さんよりすごい人が家にやってきたりするのかな」

「ありえる、ありえる」

「なんか、それって、うっかり笑えないよな」

俺たちはそんなことを話して、くすくす笑いながら、気持ちのいい眠りについた。

6

店は三日から始まるので、はな子は今朝から出勤した。

はな子はサービス業で、俺と休みが違うことが多い。いつもは、お互いに自分が休みの時に、相手が出勤することがあっても、眠ったままでいる。だけど、今日は佐々木さんがいるせいか、お正月だからか、三人で朝食を食べ、俺と佐々木さんは玄関先ではな子を見送った。

はな子は、

「そんなに見送られると、俄然働いてしまいそうだよ」

と、にやりと笑って、ばたばたと出て行った。

俺と佐々木さんは、はな子が家を出た後の静けさに、

「なんだかやれやれですね」

と、笑った。

佐々木さんと二人っきりになるのは二回目だったので、俺はもう緊張することはなかった。佐々木さんの方は相変わらずで、気を遣っているように見えつつ、とても自然に

我が家のリビングにハマッている。今日は、初詣も書き初めもなく、二人でのんびりと、こたつでテレビを見た。外は寒いけど、部屋の中は暖かい。窓がうっすらと曇っている。仕事始めで忙しく働いているはな子のことを思うと、少し気が引けたが、贅沢でよい気持ちだ。

「ああ、今日は帰りなんですね」

佐々木さんはしばらく画面を見てから、そう言った。テレビでは、箱根駅伝が放送されている。

「帰りっていうか、復路ですね。佐々木さん、駅伝お好きなんですか?」

「いえいえ。運動は、まるでできません。章太郎さんは?」

「僕も走るのは苦手です。運動なんて、学生の頃、野球をしていたぐらいですね」

佐々木さんは本当にスポーツについて何も知らないようで、選手たちを見ながらあれこれ俺に質問をした。こんなに無邪気に物を訊いてくる大人は、そうそういない。俺は佐々木さんに説明を加えながら、学生たちを応援した。

「あれあれ、章太郎さん。あの学生は、前の選手からたすきをもらっていないのに、別のたすきで走り出してますよ。あれ、あの子も」

テレビには、繰り上げスタートをするランナーが映し出されていた。

「これは繰り上げスタートですね。それまでの選手が時間がかかりすぎてしまったので、もう待たずにスタートするんです」

「それはお得ですね」

「お得じゃないですよ。もう自分たちのたすきを繋げることができないし、ものすごく悔しいことだと思います」

「そうなんですか」

佐々木さんはじっと画面を見つめた。走り出した選手たちのやりきれない表情で、全てを察したようだ。

「でも、スタートするのですね」

佐々木さんは静かに口を開いた。

「え？」

「前の人が到達できなくても、スタートのチャンスがあるし、自分たちのたすきじゃなくても、スタートしなくてはいけないのですね」

「ええ、まあ、そうですね」

「無念な思いをしていても、走らないといけない……」

佐々木さんがつぶやいた。静かに、しっかりと。

そうだ。佐々木さんだって、同じだ。今までのことがチャラになってしまっても、走らないといけない。全てをなくしてしまっても、先に向かわなくてはいけない。公園で生活するのは何も悪いことではない。ごみを拾うのはとても良い仕事だ。でも、それは佐々木さんが走るべきレースとは、違うような気がする。

「そうですよ。すっからかんになったって、いくらでもやれるんです。ちゃんとやるべきです。だから、もっと、佐々木さんに似合うことをしてください」

「似合うことですか?」

「そうです」

俺は大きく首を縦に振った。

「それって、大学で研究をしろということでしょうか? またあんな無駄なことを?」

「いえ、そうじゃなくて、あの、どう言っていいのかわかりませんが、年賀状を手直ししたり、恵方を向いて書き初めをしたり、無駄なことかもしれないけど、僕は楽しかったです。どうでもいいことだけど、とても愉快でした」

俺と佐々木さんは壁に貼りつけた書き初めを見上げた。真ん中からずれた右上がりの俺の字、バランスなんて無視したとにかくでかいはな子の字。やっぱり佐々木さんの字が一番きれいだ。

「笑うためには、いろいろ大変ですね」

佐々木さんがつぶやいた。

「はな子さんみたいに、全門来福にしておけばよかった」

「大丈夫ですよ。きっと、笑えますよ。佐々木さんなら」

俺は何の根拠もなかったけど、そう言った。

「そうですね。そんな気がします」

佐々木さんは、とても素直な顔で微笑(ほほえ)んだ。


四日の朝、俺とはな子が目を覚ますと、佐々木さんはリビングにいなかった。出て行ったんだ。俺は荷物を確かめるまでもなく、確信した。松の内までが正月だと言いながら、結局、三が日で佐々木さんの正月も終了したのだ。

「あれ、荷物も全部なくなってる」

はな子は家の中をくまなくチェックして、ようやく本当に佐々木さんが出て行ったことを理解した。

「何か一言ぐらい、言っておいてくれればいいのに」

はな子は不機嫌そうな声を出した。

「でも、まあ、正月休みも終わったんだし。いい頃合なんじゃないのかな」

「そうかもしれないけど、佐々木さんがいないなんて、変な感じがする」

「なんだかんだ言って、佐々木さん、一週間以上いたんだもんな。すっかり馴染んでしまったな」

「寂しくなるよ」

はな子が肩を落とした。

「まあ、いいじゃん。はな子は公園に行けば、会えるんだし」

「そっか。そうだよね」

はな子はそれに気が付くと、安心したようで、てきぱきと朝の身支度を始めた。

ところが、佐々木さんは公園にもいなかった。

俺が初仕事を終えて帰宅すると、慌ててはな子が玄関に飛んできた。

「公園にいないのよ」

「え？」

「だから、佐々木さん、公園にいないんだって」

「佐々木さん、一日中公園にいるわけじゃないだろう。ずっとここにいた分、やることも溜まってるだろうし。どこかに出ていたとかじゃないのか？」

「それはないよ。だって、家ごとなくなってるんだもん」

「家がないって？」

「佐々木さんの住まいがあったところ、ダンボールも机も、とにかく何もかもきれいさっぱりなくなってるの」

「きれいさっぱり……」

俺は、昨日、「そうですね」と微笑んでいた佐々木さんのやけに無邪気な顔を思い出した。素直で子どもみたいに健(すこ)やかな顔。

「そっか。佐々木さん、もうスタートしてしまったんだな」

「スタートって？」

「佐々木さんだって、走らないとだめだってこと。今頃、何か自分に似合うことを探そうとしているんじゃないかな」

「似合うことって、何よ」

「それは知らないけどさ」

「そんな。佐々木さん、何も持っていないし、めちゃくちゃ鈍くさいんだよ。大丈夫なのかなあ」

「大丈夫だよ。きっと」

もう、佐々木さんは出走してしまったのだ。思い立ったが吉日。きっと、そうなのだ。

久しぶりのはな子と二人きりの夕飯は、とてもしんみりしたものだった。はな子が正月の残りの餅でピザを作ってくれて、それはとてもおいしかったし、餅もチーズもとろけて、なんだか楽しげな食べ物だったけど、このぬけた感じといったらなかった。佐々木さんの出走は喜ばしいけど、寂しいものは寂しい。

「誰かがいなくなるっていうのは、むなしいもんだな」

ぽっかりあいた胸の違和感が邪魔をして、俺の箸はなかなか進まなかった。

「章太郎、最初は嫌がってたくせに。センチメンタルになっちゃって」

さっきまでは、佐々木さんがいないことを騒いでいたくせに、はな子はもうけろりとして餅を食べている。

「だってさ、俺の方がお前より一緒にいた時間長いんだぜ」

「そうだっけ？」

「そうだよ。佐々木さんと俺って、いろんな話したなあ」

俺はしみじみとつぶやいた。

「でもさ、他人が家にいると、気を遣うものなんだよね。寂しいのは寂しいけど、ちょっと、肩の力が抜ける気もする。今日から、変な服装してもOKだし、ばか食いもできるしね」

はな子は気楽に言った。勝手に佐々木さんを連れてきて、いなくなってもすぐに元どおり。本当に幸せなやつだ。

「それを言ったら、俺たちだって、他人じゃないか」

「そうだけどさ。私たちは何でも平気じゃない。だからこそ、章太郎、帰るなり靴下を脱ぎ散らかすんでしょう？」

「確かにね」

「一緒にいる時間が増えていくと、少しずつ他人じゃなくなっていくんだね。それが、だめなこともたくさんあるけど」

はな子が眉間に人差し指を当てた。

でも、だめな部分は、なんとでもできる。対処法はいくつもある。佐々木さんが来て、それがわかった気がする。

「ねえ。それよりさ、私たちって、言葉がきれいになってると思わない？　ちょっとだけど」

はな子が箸を置いて、そう言った。

「それ、俺も思ってた」

「章太郎、はいはいって、言わなくなったし」

「はな子だって、っていうか〜って言わなくなったしな」

「佐々木効果だね。誰かが来ると、やっぱり何らかの効果を上げるんだね。うん。すばらしい」

「そうだなあ。じゃあさ、いっそのこと、犬でも飼おうか。犬なら、勝手に出て行かないし」

俺が提案すると、はな子は首を横に振った。

「まだ犬はいいんじゃない。ちょっと面倒くさいし」

「そっか。じゃあ、今度の休みに実家にでも行こうか」

「それはやっておこうかな。でも、最初にどっちの実家に行く？」

はな子が眉をしかめた。確かにそれは難しい問題だ。

「そりゃ俺の方からだろう。お前の家の父ちゃん怖そうだしさ、とりあえず後回しにしよう」

「えー。章太郎の家なんか、おばあちゃんに弟さんまでいるじゃない。人数多い分、大変だって」

「よし。じゃあここは平等に、じゃんけんで勝った方の実家から行くことにしよう」

「賛成。あ、それなら、じゃんけんゲームの機械があったんだった。あれなら正しくじゃんけんができるからね。よし、ちょっと待ってて」

はな子は押入れの中をごそごそと探しはじめた。

俺たちの家には、はな子が集めたがらくたがまだまだある。そういうものに、二人でちょっとずつ、意味をつけていけたらな。そう思う。

解説

池上冬樹（文芸評論家）

三年ぶりに読み返してみて、あらためて傑作短篇集だなと思った。瀬尾ワールドが全開といっていいだろう。瀬尾まいこの魅力が凝縮されていて、瀬尾まいこをまだ読んだことのない人の入門書としても最適ではないかと思う。

まず、瀬尾まいこの魅力のひとつは、書き出しだろう。〝作家は冒頭三行で読者に見捨てられることを頭に入れるべきだ〟（打海文三）という言葉があるほど、冒頭の摑みは大事で、書き出しがつまらないと読者は続けて読まなくなる。書き出しのうまい作家は何人かいるけれど、男性作家なら佐藤正午になるだろうが（注意深く言葉を選びつつ、ある種特権的な場面へと読者を導いていく周到な手際の巧さはほれぼれするほど)、こと女性作家となると(亡くなった向田邦子が思い出されはするが、現役となると)、やはり瀬尾まいこになるのではないか。瀬尾まいこほど、物語の冒頭で読者をしかと摑む作家は珍しいからである。書き出しの数行がとてもうまい。デビュー作「卵の緒」の書き出し(「僕は捨て子だ。子どもはみんなそういうことを言いたがるものらしいけど、僕の場合は本当にそうだから深刻なのだ」)もいいし、兄弟の名前からはじまる「7's blood」(『卵の緒』所収)の書き出し(「七子と七生。父さんがつけた。(略)だけど、私と七生は正しい兄弟じゃない。出所が違う。七生は父の愛人の子どもだ」)もいい。でも、もっとも印象的なのはやはり『幸福な食卓』だろう。

「父さんは今日で父さんを辞めようと思う」

春休み最後の日、朝の食卓で父さんが言った。

私は口に突っ込んでいたトマトをごくりと飲み込んでから「何それ?」と言って、直ちゃんはいつもの穏やかな口調で「あらまあ」と言った。

いったい、父さんが父さんであることを辞めるとはどういうことなのか。離婚宣言? 別居宣言? 縁切り宣言? どこかへの旅立ち? と読んでいる側は一瞬のうちにいろいろなことを考えてしまう。この〝一瞬のうちにいろいろなことを考えてしまう〟というのが、瀬尾まいこの小説の力である。冒頭の数行で、読者の頭が目まぐるしく回転すること自体、物語のなかへ引きずりこまれた証拠でもある。

この書き出しがうまいというのは、実は、語りの巧さでもある。物語のどこから話をはじめ、どの角度から事実を提示すればいいのか、さらにはその後いかに読者をひきつけて読ませていくのかを考えぬいている。本書の表題作「優しい音楽」(これもまた語りの巧さがひかる秀作だが)のなかに〝男を虜にする五つのポイント〟というのが出てきて、自分の味方になってほしい、弱いところを慰めてほしい、ギャップに弱い、そして〝生活を全て明かさないこと。男の人って秘密のある部分に惹かれるのよ〟(三十頁)というくだりがあるけれど、この男を読者に置き換えればそのまま〝読者を虜にする〟瀬尾まいこの創作論になるのではないか。

たとえば、本書に収録された「タイムラグ」でも、それが生かされている。二十七歳のOL深雪が八歳になる女の子佐菜と一日を過ごす話だ。

まったくもって私は都合のいい女なのだ。いつもなんだかんだと面倒なことを押しつけられる。今まで、私が平太の頼みを断れたことは一度としてない。うまい理屈をこねて、押したり引いたり泣きついたり。いろんな手段を以てして、平太は諸々のことを私に押しつけてきた。

だけどだ。いくらなんでも、これはないだろう。


この短篇もまた書き出しがすばらしくうまい。〝まったくもって私は都合のいい女なのだ〟と認めておきながら、そういう深雪ですら〝いくらなんでも、これはないだろう〟と怒る。そこまでいわれるといったい怒るような頼みとは何か？　と読者は期待してしまう。二頁目で説明されるので明らかにしていいかと思うが、不倫の相手である平太が自分の娘の佐菜の子守を深雪に依頼するのである。いくらなんでもそれはない。そう読者は思い、ヒロインの深雪の味方になる。そう、右の虜にする一つ目である。

ここから読者を虜にするポイントを押さえていくのだが、しかしともに過ごすのは、不倫相手の娘である。深雪だけが読者の味方になる（つまり読者が深雪に感情移入する）ことは不可能だろう。むしろ話が進めば進むほど不倫をしている深雪の立場は悪くなるし、そのぶん事情を何も知らない娘の佐菜のほうに同情がいくだろう。そう思うのだが、しかしそうはならない。むしろありえない設定なのに深く頷きながら読んでしまうことになる。

それは（物語の興趣をそぐので曖昧に書くが）、人物たちがもつ慰めてほしい弱さがあるからだし（驚きの事実が次々に明らかになる）、そして人物たちに見た目と違うギャップがあるからである（いいかげんな平太ですら、そんなに悪くない男に見えてくるから不思議だ）。瀬尾まいこは、人物たちの〝生活を全て明かさ〟ずに物語を語りはじめ、だんだんと〝秘密のある部分〟に話の中心をもっていき、読者を虜にしていくのである。まさに、若き小説巧者瀬尾まいこの真骨頂ともいうべき鮮やかな展開である。

しかしもちろん巧さだけの作家ではないし、そもそも瀬尾まいこは、決して巧さを際立たせることはない。あくまでも二人の交流を通して人間関係の不可思議さ、倫理観の多様さをあらわしていく。そこが瀬尾まいこの小説の奥深さである。

不倫相手に頼まれて、その娘と一晩を過ごすなどということは、不埒で絶対にありえないのに、瀬尾まいこは生き生きと（いや嬉々というべきだろうか）描いていく。ある種不可能な情況をとても微笑ましく（！）、かつ愉しく描いていくのである。驚くのは、深雪に多少の悪意や刺々しさをのぞかせることであり、佐菜もまた八歳なのにしたたかな面を見せて丁々発止とわたりあい、倫理の綱渡りを行っていくことである。

そう、この倫理の綱渡りこそ、瀬尾まいこのもっともめざましい点だろう。読者は小説外にある倫理（この小説では不倫は反社会的な行為である認識）と、小説内にうちたてられつつある倫理（それほど非難されるべき行為ではなく、むしろごく自然な恋愛という認識）のなかで揺れ動く。つまり肩入れしてはいけないヒロインに肩入れし、仲良くなってはいけない二人の友情の進展に和んでしまうのだ（そしてそのことに読者は混乱と心地よさを同時に覚えてしまうのだ）。不埒なのに許せて、許せるけれど完全には納得いかなくて、それでも何か愛おしくて、切なくて、温かな感情を覚えてしまう。それは小説のなかで、不幸な関係にある二人が出会い、情況から見れば仮初めのようにもみえても、心の触れ合いと喜びがしかと捉えられてあるからだろう。その幸福感が、既成の倫理をこえた人間関係のありかたを考えさせるのである。それは本作のみならず、男女の不思議な恋愛進行形「優しい音楽」と、同棲中の恋人が初老のホームレスの男を連れこんできて奇妙な同居生活を送る「がらくた効果」にもいえるし、ほかの長篇にもいえることだ。

瀬尾まいこは、『卵の緒』のあとがきで、「そこら中にいろんな関係が転がっていて、誰かと繋がる機会が度々ある。それは幸せなことだ」と述べているけれど、繋がる機会も幸せも多様であるし、こと小説に関していうなら、それを感得させることじたい至難だろう。しかし瀬尾まいこはやすやすとやってのける。さまざまな価値観をもつ人間同士が出会い、繋がりあい（とくに瀬尾文学では美味しいものを食べあうことで関係が深まる）、あらたな関係を築いていく。その微妙で複雑な人間界の襞を、瀬尾まいこは、やわらかい会話を駆使して生き生きとのぞかせ、不思議なぬくもりを抱かせるのである。

複雑な価値観を、とても優しい手触りで、温かく幸福なものとして描き出すのである。
いつでも、いつまでも読み続けていたい瀬尾ワールドである。

（二〇〇八年四月）

本書は二〇〇八年四月に小社より刊行された
同名文庫の新装版です

双葉文庫

せ-08-02

優しい音楽〈新装版〉

2019年 6月16日 第1刷発行
2021年12月16日 第12刷発行

【著者】
瀬尾まいこ

【発行者】
箕浦克史
【発行所】
株式会社双葉社
〒162-8540 東京都新宿区東五軒町3番28号
［電話］03-5261-4818(営業部) 03-5261-4831(編集部)
www.futabasha.co.jp（双葉社の書籍・コミックが買えます）
【印刷所】
大日本印刷株式会社
【製本所】
大日本印刷株式会社
【カバー印刷】
株式会社久栄社
【DTP】
株式会社ビーワークス

【フォーマット・デザイン】
日下潤一

ISBN978-4-575-52232-7 C0193
Printed in Japan

双葉文庫　好評既刊

14歳の水平線

椰月美智子

父親は中学二年生の息子を誘い、故郷の島にやってきた。海で飛び込みに熱中しながらも、時に自意識を持てあます十四歳。初恋に身を焦がし、友情に触れ、身近な死に直面する……。少年が、いつの時代も心身すべてで感じとるものを余すことなく描いた成長物語。

双葉文庫　好評既刊

とっても不幸な幸運〈新装版〉

畠中恵

酒場で常連たちが頭を悩ませていた。店長の娘が百円ショップで買った「とっても不幸な幸運」と名づけられた缶を開けた瞬間、不思議なものが現れるからだ。しばしば拳も飛び交う推理合戦の果てに、彼らは真相に辿り着くことができるのか。

双葉文庫　好評既刊

自画像

朝比奈あすか

男子が作った女子ランキング。美醜のジャッジに心をいじられ、自意識が衝突しあう教室。そこではある少女に対し、卑劣な方法で「魂の殺人」がなされていた。のちに運命を束ねたかつての少女たちは、ひそかに自分たちの「裁き」を実行してゆく——。